La invasión de los pájaros

RAÚL CARDÓ

Copyright © 2025 Raúl Cardó

Todos los derechos reservados.

ISBN: **9798304696067**

DEDICATORIA

Dedicado a los que habitan el mundo de la periferia. Allí donde no llega el bienestar. Allí donde se juntan los que cultivan dolores de cuerpo y de mente. Allí donde se encuentran los que no tienen nada.

INDICE

PRÓLOGO 1

INTRODUCCIÓN 3

CAPÍTULO I...6
    Ramirito en el primer piso del Hotel el Porvenir, corazón de Buenos Aires, una década antes del último eclipse solar anular del siglo veinte. 6

CAPÍTULO II..15
    Aurelio en algún lugar de la provincia de Buenos Aires 15

CAPÍTULO III...19
    La doctora Ayauca un año antes del último eclipse solar anular del siglo XX...19

CAPÍTULO IV 26
    La visita de la planta baja del hotel El Porvenir 26

CAPÍTULO V 33
    El funcionario y la profesora en el noveno piso 33

CAPÍTULO VI 41
    Larga espera en el octavo piso 41

CAPÍTULO VII 46
    El pintor Hidalgo en el quinto piso 46

CAPÍTULO VIII 58
    Rocío de visita en el quinto piso..58

CAPÍTULO XIX 64
    Reencuentros en el bar de la planta baja..64

CAPÍTULO X 70
    El proyecto de Ramiro en el cuarto piso 70

CAPÍTULO XI 75
    Los intentos de exterminio de las aves y la vigilia de la profesora 75

CAPÍTULO XII 80
    Las cajas de Ramiro 80
CAPÍTULO XIII 86
    Un mes antes del último eclipse lunar Aurelio encuentra un muerto de cara conocida 86
CAPÍTULO XIV 90
    El refugio de Aurelio en el hotel El Porvenir 90
CAPÍTULO XV 96
    Las aves de la venganza 96
CAPÍTULO XVI 100
    El escape de Aurelio 100
CAPÍTULO XVII 105
    Las hermanas Arena se alojan en el sexto piso 105
CAPÍTULO XVIII 111
    Las sospechas de Ramiro 111
CAPÍTULO XIX 115
    El regreso del funcionario 115
CAPÍTULO XX 120
    La estrategia de la doctora Ayauca 120
CAPÍTULO XXI 125
    El orgasmo 125
CAPÍTULO XXII 130
    La exposición de pinturas del pintor Hidalgo una semana antes del último eclipse solar anular del siglo XX 130
CAPÍTULO XXIII 138
    El preludio del día de la Patria 138
CAPÍTULO XXIV 143

    El doble 143
CAPÍTULO XXV 148
    El día del eclipse solar 148
CAPÍTULO XXVI 155
    El gran apagón el día siguiente del último eclipse solar del siglo XX....155
CAPÍTULO XXVII 162
    Los Tostados 162
CAPÍTULO XXVIII 166
    Los laboratorios del séptimo piso 166
CAPÍTULO XXIX 172
    El regreso de Aurelio 172
CAPÍTULO XXX 176
    El beso pixelado 176
EPÍLOGO 181
    La profecía 181

AGRADECIMIENTOS

Agradezco a Rocío Pérez Battias por la lectura crítica, correcciones y redacción del prólogo del libro.

Agradezco a Matías Romero por la construcción de la portada.

PRÓLOGO

A veces la naturaleza se impone sobre la humanidad para darle una lección. Podría decirse, de un modo retorcido, que **La Invasión de los Pájaros** es eso. Una novela enmarcada en lo fantástico que contiene una reflexión sobre la humanidad, el poder y la fuerza de la naturaleza.

Esta historia se desarrolla en un Buenos Aires distópico, envuelto en una larga y desgastada dictadura. Tal vez el protagonista es el Hotel El porvenir, sus pisos y sus huéspedes. Tal vez los protagonistas son los pájaros lobos que invadieron la ciudad.

Raúl Cardó nos pasea con gracia y misterio por los nueve pisos de El Porvenir, abriendo historias en cada habitación y cruzándolas entre ascensores y pasillos.

Por otro lado, están los pájaros lobos que copan la ciudad, aves de rapiña negras y enormes que atacan en manada y reparten sus heces en todas partes.

Como un espejo, la ficción nos muestra los rasgos más oscuros de la humanidad, procesos violentos, pueblos empobrecidos sumidos ante el poder, intentando sobrevivir sin fuerzas o motivaciones para luchar. Pero también nos muestra destellos de esperanza, resistencias que se construyen en los suburbios.

Este libro mantiene en vilo al lector, cada capítulo revela detalles que construyen el inevitable final.

Según su propio autor, la novela pretende ser un himno a los pueblos originarios, para honrar sus luchas. Un himno con ritmo de cumbia y tango para llenar la historia de esperanza y volumen. Para volar.

Los invitamos a desplegar sus alas entonces, y disfrutar de esta delirante y misteriosa revolución.

Rocío Pérez Battias

INTRODUCCIÓN

Desde lejos solo se ven los objetos más grandes. Trazos. Con esos rasgos se va construyendo la historia. Es tiempo de dictaduras en Latinoamérica. El General Salvador Villena y los militares dieron un golpe de estado y tomaron el poder en Argentina ante una democracia endeble y corrupta, a pedir de los poderosos. Villena tiene carisma. Viene a poner orden. Lo que la gente quiere. Lo que todos creen que es necesario. El esmirriado cuerpo de Villena, con el pelo negro aplastado y sus bigotes finos, parece un prócer. La iglesia y los poderosos lo contienen. La gente hace la vista gorda con los destinos de los que piensan distinto. Ha llegado para quedarse. Permanecerá durante décadas. Todos se acostumbran a los comunicados de la Junta Militar. A medida que los pobres van perdiendo derechos la sociedad se enferma y se acostumbran a platicar con la miseria.

La doctora Clodomira Ayauca ha estudiado las sociedades originarias diezmadas por los conquistadores españoles. A la incapacidad para reaccionar a las injusticias, al adormecimiento del músculo y la energía social le ha llamado *Humanosmia*. La dictadura se mantiene en el poder porque la población es incapaz de reaccionar.

Con el tiempo el poder de la dictadura se va desgastando. No tienen candidatos para reemplazar al presidente. Villena solo se ocupa de sus caballos y de sus putas. Gobiernan en las tinieblas personajes cobardes que no pueden dar la cara. Salvador Villena solo lee los comunicados que le preparan para dirigirse al pueblo y firma los papeles que le traen. No se pierde el té de las cinco ni las telenovelas de la tarde noche.

En el horizonte comienzan a vislumbrarse focos rebeldes. Con el tiempo le dieron el nombre de *Los Tostados*. En todas las escaramuzas que participaron fueron vencidos. Tuvieron que refugiarse en el monte, en sus itinerarios subterráneos y cuevas ocultas. De a poco han ido tejiendo sus redes en los distintos espacios como para tener referentes silenciosos escondidos en todos lados. Esperan una oportunidad que tal vez no llegue nunca.

De pronto irrumpen los pájaros en Buenos Aires. Muchos pájaros que desatan diversas conjeturas. Entre ellos una especie extraña que no parece ser de este mundo. Aves de rapiñas negras que emiten un graznido que entumece la sangre. Al principio la gente siente curiosidad. Luego sobreviene el miedo. Se han llenado las plazas, los edificios, los bosques. Son grandes. La mitad de un humano. Atacan en manada. La gente comenzó a sentir pánico cuando empezaron con los ataques a las mascotas y a las personas. Al desgaste natural de la Junta Militar se le agregó la ardua tarea de combatir a los pájaros. La población reclamó a la autoridad la seguridad y el orden. El prestigio del gobierno se fue viniendo abajo.

LA INVASIÓN DE LOS PÁJAROS

En este contexto necesitamos hacer un zum para visibilizar a los personajes de la historia. Las partículas micro que definen los acontecimientos macros. La ventana de observación nos permitirá apreciar las entrañas de esta metáfora gigante, ver cómo lucen sus órganos y sus vísceras, el ramillete de las emociones humanas que circularon entonces, historias que parecían estar aferrada para siempre y que se convirtieron en unas fotos desteñidas disueltas en la química del tiempo. Nos acercaremos todo lo que sea posible en el breve tiempo que disponemos. Tendremos que detenernos cuando las imágenes comiencen a pixelarse. Tendremos que ajustar el tiempo. No, esas son imágenes de la conquista. Esas están mejor. Ahí está la Plaza de Mayo. Ahí está la avenida 9 de Julio y el obelisco. Ahí está la Casa Rosada. Ahí está el antiguo Hotel El Porvenir, venido a menos, en el corazón de Buenos Aires. Desde allí podremos seguir los hilos de esta parábola. La fachada del hotel donde se hospedan personas comunes y cuenta con un discreto servicio de prostitutas. Una entrada secreta al séptimo piso. El misterio que ha traído al Pintor Hidalgo Horabuena a hospedarse en el hotel para vigilar lo que sucede.

CAPÍTULO I

Ramirito en el primer piso del Hotel el Porvenir, corazón de Buenos Aires, una década antes del último eclipse solar anular del siglo veinte.

El canto de los pájaros en el parque y en las plazas se parece al bullicio maravilloso de millares de voces como el que se escucha en las regiones selváticas. Nadie puede creer que existan tantos y tan variados. No hay melodía tan maravillosa. Jamás podrá el humano crear algo similar. Conviven pájaros de todas clases por todas partes. Todos ignoran a qué se debe la particular concurrencia. Algunos piensan que aumentaron los pájaros con la dictadura militar. Nadie lo dice porque está prohibido. Las palomas se transformaron en una peste incontrolable. Sin depredadores llenaron la ciudad, los aleros, las plazas, los parques, la ribera, el delta. Los gobernantes no hacen nada, pero pocos pobladores se quejan en virtud de la *humanosmia*. La situación se torna muy desagradable. Tendrán que tomar alguna medida para eliminar a las palomas. Tantos pájaros diversos parecían el preludio de una nueva época: pequeñas luces y notas musicales de colores en las entrañas de la opaca dictadura. «¿Estará cambiando el clima?». «Son hermosos, salvo las palomas». Entre tantas aves apareció una especie negra y extraña. Aves de rapiña gigantes. Al principio pasaron desapercibidas. Por ahí se veían algunas en las copas de los árboles grandes.

—¿Viste ese pajarraco?

—Es enorme. Tiene vista de lince.

—Se parece más a un lobo.

—¡Qué miedo! Parecen inteligentes.

—¿Será alguna variedad de cuervo?

—¿Cuervo? ¡Qué dices! Los cuervos son pequeños.

En un primer momento despertaban solo curiosidad. Parecía que esperaban algo. Alguna señal. Algunos supusieron que serían aves migratorias y que la ciudad o la costa sería el punto de encuentro.

Los ruidos que vienen del bar no lo dejan dormir. Su madre ronca en la cama grande. Ha tenido un día duro. Mucho trabajo. El interminable desfile de los clientes. La misma sonrisa. Entre los almohadones se destacan sus pechos que se escapan entre su ropa suelta. Esos cálidos promontorios le siguen atrayendo, aunque ya ha pasado mucho tiempo del destete, siglos, kilómetros de distancia. El pelo largo tomado en forma desprolija. Algunos resabios del maquillaje. Ramirito da vueltas en el sillón procurando taparse los oídos. No puede dormirse. Los gritos de las discusiones y las carcajadas que vienen desde abajo le taladran los oídos. Siente alertas en las tripas. En el cuarto no hay nada para comer y su madre extenuada se quedó dormida. Se olvidó de procurar su cena o al menos una leche caliente.

Las luces de la calle se cuelan entre las cortinas y se reflejan en los espejos. A veces se entretiene en buscarlas y se queda dormido. Ahora ni eso da resultado. Solo espera que no aparezca algún cliente a deshora, porque entonces lo sacarán del sillón y tendrá que pasar la noche en la escalera. Dolores ya está durmiendo. No puede ir a golpear a la puerta de su cuarto y si baja al bar le dirán como siempre «los niños no tienen que estar a la noche en el bar» Tampoco los dejan deambular en los pasillos de las habitaciones.

El edificio es un hotel antiguo. Tiene el cartel en la entrada: "El Porvenir". Ahora se ha transformado también en un bar y una casa de citas. Alicia vive con Ramirito en un cuarto. Allí atiende a los clientes. No tiene dinero para alquilar una casa o un departamento; o no quiere gastarlo.

Más tarde mamá se despierta. Entre las ojeras de la noche se levanta. Es el momento de hacerse el dormido. Ella se sienta en la cama procurando saber en dónde está. Mira hacia el sillón y piensa que Ramirito está durmiendo. Lo cubre con la manta. Luego mira en el cajón de la mesa de luz. Allí guarda prolijos rollos de billetes que le dejan los clientes. Se sienten olores mezclados de los cuerpos humanos que pasaron. Camina hacia el baño. A Ramirito le arrulla el sonido del agua de la ducha. A pesar de la angustia y del hambre al fin se duerme.

Despierta cuando las luces del día llenan el cuarto. «¡Maldición!» Se ha quedado dormido. Es hora de ir a desayunar. Desayunan en la cocina del bar como todos los que trabajan en el hotel. Un mate cocido y un poco de pan. Algunas tortas duras que quedaron del día anterior. A las ocho llegan las facturas y las tortitas saladas, pero eso es solo para los clientes. Se levanta apurado. Mamá ya está instalada frente a uno de los grandes espejos del cuarto «lávate los dientes» «¿Para qué me los voy a lavar si no he comido nada?» A esa hora están El Tuerto y Maribel en la cocina. Deben apurarse si quieren comer algo.

Cerca del mediodía mamá se levanta. Entonces van a dar una vuelta por la ciudad. Caminan. Ramirito está ansioso por llegar a la plaza donde seguro mamá le comprará un pancho en el carrito de la esquina. Hoy no comerán los guisos de mondongo ni las pastas rancias que sirven en el hotel. Alicia se detiene en la vidriera de todas las tiendas de ropa. Ramirito se pregunta para qué quiere más ropa. Tiene el placar lleno. Luego caminan por el parque. El día está fresco. Le gusta arrimarse al lago para ver los peces de colores. Le agrada tirarle migas de pan para ver cómo se pelean entre ellos. Le sirve de consuelo. Si lo ven los guardias lo reprenderán. Está prohibido alimentar a los peces. Hay también unos bagres gordos y unos patos. De día mamá parece una mujer como cualquiera. De noche es distinta.

Se sientan en un banco a descansar. Tratan de estar todo lo que pueden afuera. Quieren escapar a los ruidos del bar, los gritos de la gente, el olor a comida y a humedad. En el camino se cruzan con todo tipo de gente estrafalaria que se desplaza siempre apurada. Si te descuidas te llevan por delante. «Un día de estos iremos al jardín botánico» le promete siempre su mamá. Nunca van.

A veces toman un subte para ir a la otra punta de la ciudad, donde están las fábricas de ropa: «allí todo está más barato» eligen las horas que no transita mucha gente. Entonces el viaje en el subte es agradable. Hasta pueden sentarse. Ramirito solo alcanza a percibir las aceleraciones y las frenadas de los vagones en cada estación. Mamá sabe leer los mapas indescifrables de bus «faltan dos estaciones» Los nombres de las estaciones tienen letras que no conoce. El chillido de los frenos. El ruido de las puertas que se abren. Los intervalos en que las personas ingresan y en forma automática se acomodan, se toman de los pasamanos, vigilan de reojo los asientos que aún quedan vacíos. Caras desconocidas de gente sumida en sus pensamientos. Algunos se pierden en páginas de libros que llevan para pasar el rato. En cada una de las estaciones están esas personas que duermen al lado de las escaleras, en los pasillos de espera, junto a las paredes pintadas con propagandas. Se siente feliz de poder dormir en el cuarto del hotel al ver sus camas de cartones. Sus rostros curtidos le dan pena.

En cada piso del hotel hay cuatro cuartos. Al lado de la habitación de Alicia está la habitación de la dueña del hotel, Dolores. Tiene la voz ronca por el cigarro. Cuando su mamá está con sus clientes Ramirito debe permanecer con Dolores. Ella es su amiga, por eso le permite que en las vacaciones traiga a Ramirito al hotel. Nunca le preguntaron. Ahí tiene sus juguetes. Hay una mesa grande donde puede escribir, dibujar, armar rompecabezas. Hay sillones y un televisor. Dolores está atendiendo el bar durante el día. Todas las piezas tienen piso de parqué, pero hace tiempo que no se lustran. Está gastado. Igual se siente cálido. Los baños tienen bañeras y hay calefacción central. Alguna vez estuvo en las vacaciones de invierno. Se sentía muy cálido. En verano los ventiladores de techo no paran ni un momento. Se puede andar descalzo. A veces el piso cruje un poco. Se sienten los pasos de la habitación de arriba. Allí está el cuarto de la francesa. Sus clientes circulan a cualquier hora del día. Todos la conocen porque jadea a los gritos y algunos clientes la prefieren por eso. Sus gemidos se escuchan en todo el hotel. A Ramirito lo ponen nervioso. Por suerte pocas veces se queda a dormir con Dolores. Los gemidos de la francesa se escuchan a cualquier hora, a la mañana o la tarde.

A veces Ramirito termina quedándose en el pasillo. En cada extremo hay un ascensor y una escalera. El ascensor que da a la calle Suipacha está clausurado. Eso dicen. A veces se escuchan ruidos como si estuviera funcionando. Los hoteles también tienen sus fantasmas. La escalera está disponible. Ramirito sigue el juego de los ascensores. Ha aprendido el mensaje de sus ruidos. A veces no funcionan porque alguien deja la puerta abierta. El conserje se encarga de que todo vuelva a la normalidad mientras lo mira de soslayo. Es siempre una sorpresa quien se aparecerá en el momento en que sus puertas se abren. Clientes y huéspedes que suben y bajan. Todos traen aires de otras culturas. Los que paran en el segundo van detrás de la francesa. Hay otros que alquilan los últimos cuartos, los del noveno o el décimo. No están interesados en los servicios húmedos de las damas. Solo alquilan un cuarto para dormir porque el hotel es el más barato de la zona. Rostros grises como sus sacos, aromas de oficina y de tabaco, camisas que delatan sobacos transpirados.

Ramirito siempre sintió curiosidad por saber que hay en los otros pisos. Nunca se animó a colarse en el ascensor o subir las escaleras. Los misterios del hotel. Su infraestructura centenaria. Desfiles de valijas. Qué no hubiera dado por platicar con sus fantasmas. Cuando estaba en el cuarto de Dolores miraba como la dama procuraba leer los mensajes de los humos de su cigarro. No llegaba más allá de los bríos de las ollas de la cocina y un sinfín de amores perdidos que ya no podía reconocer. La máquina del café proporcionaba otras pistas. Miraba los pocillos para ver si podía interpretar algún mensaje.

Ramirito a veces se colaba en la cocina y ahí completaba su cena con lo que le daban a probar. No alcanzaba a adivinar que todos querían estar en su lugar. Eso le hubiera servido. Siempre buscó los manuales donde estaban escritas las conductas apropiadas de los adultos. Nunca las encontró. No sabe qué siente su madre. No sabe qué siente la francesa. Solo suponía que es algo que vale la pena, pero no le servía demasiado para discernir el itinerario de su propia existencia. Algo le decía que aquellos gritos no eran genuinos. Había tristezas escondidas detrás de su inaudita frecuencia.

Vivía apabullado con los matices del contraste. Le inquietaba descubrir quién podría ser su padre. En la escuela siempre tenía que dejar su lugar en blanco. Estaba atento a quienes venían por su madre. Espiaba desde algún lugar discreto de las escaleras. Alguna vez tuvo que esconderse de apuro debajo de la cama. El que tenía la pierna ortopédica, el que venía solo a platicar o el que le gustaba ahogarla con sus manos en el cuello y mirarse en el espejo como un diablo generoso. Conocía toda la gama de gritos, suspiros y gemidos. Se sentía ahogado debajo de la cama. Se tapaba los oídos. Al menos podía estar seguro de que no era ninguno de los funcionarios del noveno. Esos no venían por las chicas. Eran hombres atravesados por los humos del poder hasta el punto de haber perdido el flujo que lubrica las emociones. Tampoco el pintor del quinto. En esa época Hidalgo Horabuena ya se alojaba en el hotel. Vivía allí. Era muy cuidadoso, aunque ahora no lo recuerde.

La habitación tres es la que utilizan las chicas para arreglarse. Son las que no viven en el hotel y vienen a trabajar a distintas horas. Las únicas que viven en el hotel son Alicia y Dolores. Las chicas son divertidas. Juegan a las cartas, escuchan música, miran la tele, charlan entre ellas mientras esperan que llegue algún cliente. A veces lo dejan entrar y le regalan las caricias de sus cálidos abrazos. Le convidan alguna golosina o le preguntan cosas para divertirse con sus inocentes respuestas. Matizan el trabajo con la alegría. Respiran la felicidad de la vida siempre que pueden:

—Vení, Ramirito —lo llama Gloria entreabriendo la puerta—. Es el cumpleaños de Celeste y ha traído torta.

Debió adivinar que estaba aburrido en el pasillo esperando que alguien le abriera la puerta. Los veranos representan el hotel. Cuando en la escuela le pidieron que hicieran un dibujo sobre las estaciones, dibujó el verano como un hotel. Un cuadrado grande con cuadrados pequeños adentro. El edificio y sus ventanas. Ni flores, ni parques verdes, ni frutos maduros. Un hotel lleno de grises y marrones. El ahogo de la humedad y el calor. El ruido y el aire de sus ventiladores, los balcones y el ascensor.

La habitación número cuatro está siempre cerrada. Es uno de los lugares a donde no puede ir. Nadie vive allí. Ramirito piensa que la utilizan de depósito de muebles y trastos viejos. Las habitaciones en los pisos de arriba siempre están ocupadas. Son las que usan las chicas cuando trabajan. Los cuartos del segundo piso y del tercero. A veces anduvo por ahí. Siempre tuvo deseos de recorrer los otros pisos, pero si lo veían le darían una tunda.

El verano pasará pronto. Luego comenzarán las clases y tendrá que ir a casa de tía Sara. La escuela queda a cinco cuadras. Puede ir caminando. Sara es la antítesis de su madre. No parecen hermanas. En su cuerpo no se observan formas curvas. Se adivinan unos pechos pequeños en su delgadez vestida con ropas de colores apagados. Unos anteojos de mucho aumento y el pelo corto. Todas las mujeres son hermosas, solo que su belleza parece estar mejor escondida. En su casa no se pasa hambre. Es por eso por lo que la extraña. El repicar de sus tripas vacías le recuerda las sopas de sus pucheros, repletos de carne y verduras, la suavidad del aroma de los choclos que se cocinan en la olla, la manteca del zapallo, las crocantes masas de sus pizzas. Está mejor con tía Sara, pero su madre insiste que pase el verano con ella. Intenta llenarlo de regalos y de sacarlo a pasear todo lo que puede, pero termina merodeando los pasillos y las escaleras del hotel.

Tío Nacho, el marido de tía Sara, tiene un taller. Siempre anda con su overol repleto de grasa. Sus hijos son grandes. Ya están en la universidad. La más pequeña es Yanet. A veces juega con Ramirito. Yanet tiene la cara redonda y dos enormes hoyuelos. Lo trata con mucho cariño, como si fuera su hermanito.

CAPÍTULO II

Aurelio en algún lugar de la provincia de Buenos Aires

Aurelio vio pasar aquellos camiones. Salió hasta la tranquera de la loma, en la entrada de la casa, para observarlos más de cerca. Contó diez, pero ya habían pasado otros. Eran los camiones de gendarmería y del ejército. Por ahí alguno con el logo de la municipalidad. No se veían a menudo esos vehículos en el campo. Geografías de amplias quietudes y soledades manchadas por campos de alfalfa, maizales y trigales. No se podía ver lo que transportaban porque sus carrocerías estaban cubiertas con una lona verde. Aún había restos de lluvia en los caminos. El frio se abrigaba entre los pastos.

—Llevan los pájaros que mató la Sudestada —escuchó Aurelio.

Era su abuelo. Estaba detrás suyo. Tenía todo el tiempo para enterarse de lo que pasaba y toda la experiencia para olerlo con su nariz enorme. Aurelio se da vuelta para mirarlo envuelto en sus ropas viejas de siempre y su aspecto repleto de tiempo.

—Vienen de la capital—continuó diciendo el anciano.

De la Capital. De allí vienen. Entonces recordó las historias que contaban siempre y todas las veces le parecieron exageradas. «Hay tantos pájaros que a veces no se ve el cielo» La gente no sabe lo que dice. Solo repiten lo que escuchan como loros.

—¿Adónde los llevan?

—A la playa del río. Han hecho pozos ahí. Los entierran y los queman.

Los pensamientos de Aurelio surgen directamente de su estómago. «¿Por qué tiran tantos pájaros? ¿Por qué no los comemos?» Recordó las veces que con su amigo Ernesto puso trampas para atrapar pájaros y luego el abuelo los limpiaba para comerlos asados en la parrilla.

—¿Están lejos los pozos, abuelo? ¿Podríamos ir a buscar algunos?

—Olvídalo, están apestados.

Aurelio lo mira incrédulo.

—No se pueden comer esos pájaros. Son aves de rapiña. Son duros. No son palomas.

Aurelio sigue pensando que debe haber alguna forma de cocinarlos y comerlos. Si el abuelo ha cocinado los patos de la laguna ¿Por qué no se pueden cocinar los pájaros? Horas al fuego con vinagre. Romper los tejidos a golpes de martillo. Había escuchado decir que la Luna tendría que sacar el agua de las rocas.

Los maizales eran otro mundo. Aunque estaban allí, detrás de la cerca y se veían apetecibles, no se le ocurriría recogerlos. Corría el riesgo de ser víctima de un escopetazo, aun cuando lograra sortear las boyas electrificadas. Allí también incursionan las bandadas de los pájaros y hacen de las suyas. Peligran las cosechas. Los agricultores están fastidiados.

Muchas veces pensó en ir en bicicleta hasta el río. Nunca se animó. Cada vez el abuelo le dijo:

—Ni lo intentes. Los pájaros son duros, incomibles. Además, corres el riesgo de que te agarren los milicos. Si quieres sobrevivir mantente lejos de ellos.

—¿Te acuerdas abuelo cuando íbamos a la laguna a pescar?

—Claro. ¿Por qué no voy a acordarme?

—No sé. ¿Por qué no vamos ahora?

—No hay peces en el río ni en la laguna, Aurelio. Ni patos. Está contaminada.

—Pero la gente se baña.

—Si. La gente se baña en el agua contaminada.

No hay casas en las cercanías. La casa de Aurelio y su abuelo es la última antes de llegar al río. Los camiones siguen pasando. El muchacho ha perdido la cuenta. ¿Cómo puede ser que transporten tantos pájaros?

En la galería de la casa el abuelo escucha la radio. De tanto en tanto, interrumpen la programación para pasar un comunicado del general Villena. Es el número 2431. ¿No lo había escuchado antes?

La cena de Aurelio y su abuelo es mate cocido y pan duro. No alcanza para más.

—¿Cuándo se irán los milicos, abuelo? Ya llevan mucho tiempo.

El abuelo es un hombre que ya no tiene esperanzas. Vivirá como pueda lo que le queda de vida. A veces la energía no le alcanza ni para pensar. Otras veces se sostiene con el remanso de su lánguida sabiduría. Con el tiempo no le alcanzarán las defensas físicas y psicológicas para seguir viviendo. No tiene importancia la respuesta que pueda darle a Aurelio.

—Más de diez años.

—Ya es mucho. Antes era mejor ¿No?

—Hubo tiempos mejores. Lo bueno no dura.

—El cura dice que al gobierno le queda poco. Hay grupos clandestinos…

—No te fíes del cura. Patea con las dos.

—Otra cosa no hay, abuelo.

—Las cosas no cambiarán, hijo. Vendrán otros que serán iguales o peores. Todos terminamos aceptando las cosas como están.

—Debe haber alguna manera.

Nada pasa en la zona donde vive Aurelio con su abuelo. Lo más extraordinario en los últimos tiempos son esos camiones repletos de pájaros muertos. Los comentarios que se escuchan en la iglesia del pueblo, donde Aurelio a veces se acerca a ayudar con la comida, son diversos y contradictorios. Dicen que se ha llenado de pájaros la capital. Nadie sabe de dónde vienen. Cada uno inventa una historia diferente.

CAPÍTULO III

La doctora Ayauca un año antes del último eclipse solar anular del siglo XX

Las personas que llevan tiempo en este mundo se dan cuenta de que no existen palabras para todas las cosas, para todo lo que las personas necesitan expresar. En algunas ocasiones se encuentran palabras en un idioma que no tiene traducción en los otros. No tenemos palabras para nombrar al conjunto de esos libros apilados en los estantes de la biblioteca que no hemos leído ni leeremos nunca. No tenemos palabras para expresar un sueño bonito, las antípodas de las pesadillas. No tenemos palabras para expresar el reflejo de la luna en el agua.

Humanosmia. Esa es la palabra que acuñó la doctora Ayauca en sus escritos. La pérdida del humanismo. La falta de reacción en las personas ante las injusticias y crueldades de los humanos. Los amerindios que se sometieron a los colonizadores sin resistir. Se convirtieron al catolicismo, adoptaron sus costumbres. Terminaron adorando a sus dioses. La gente soporta décadas de autoritarismo. El tirano de turno es el general Villena. Uno más de una larga lista. Los déspotas están agotados y temen que una revolución les arrebate el poder. Algunos están hartos. Quieren jubilarse. Pasar sus últimos años en una isla desierta, en otro país donde nadie los conozca. Un lugar donde puedan contarle a sus nietos cuentos de terror para que se duerman. El terror que utilizaron para usurpar el poder. Solo hay que disfrazar los personajes de animales. No pueden darse ese lujo. No pueden escapar todos. Si ceden se les hará la noche. La noche tan temida. La que inquieta las alacenas de su bienestar sostenido a sangre y fuego. Nadie quiere hacerse cargo del poder. El pueblo está convencido de que quien gobierna es el general Salvador Villena. El dictador solo firma los papeles y lee los comunicados dirigidos a la población. La población enferma de humanosmia no será capaz de usurparle el poder. Solo deben tener la paciencia adecuada para eternizarse.

Una palabra nueva para explicar el comportamiento humano sin fuerzas para resistir a su manipulación. Consideraba que era una pérdida de humanidad: la *"humanosmia"*. Una especie de demencia con los síntomas de la depresión y el Alzheimer. La gente se comportaba como de costumbre, humillada y desposeída, sin la motivación de participar en el gobierno, sin esperanza de modificar las cosas. En su libro explicaba que las personas dudaban de los valores humanos. Cuestionaba la existencia del humanismo. «¿El humano lo es porque se come a los otros animales o cuando lo hace deja de ser humano?» «¿El humanismo comprende sólo los actos buenos de las personas o incluye también a los genocidios, la barbarie, la explotación sin límites de la naturaleza?» Su tesis cobraba adeptos en la academia y explicaba en que se sustentaba la prolongada anarquía del país.

La doctora Ayauca llega al aula. Los alumnos esperan en el pasillo. Están todos amontonados, algunos sentados en el piso, otros parados. La profesora siempre llega algunos minutos tarde. Tiene la llave del aula. Se abre paso entre los cuerpos humanos y alcanza la puerta.

—¿No ha venido Fabiana?

Fabiana es la ayudante alumna. Siempre llega un poco más tarde que la profesora.

Con el aula abierta ingresan los estudiantes. Se acomodan en los bancos y en los mesones mientras la doctora Ayauca abre las ventanas y las cortinas. Luego prende los ventiladores de techo. Hace calor. El aula está sucia. Es evidente que los ordenanzas no se ocuparon de limpiarla. Ayauca se pregunta cuál fue el profesor que la precedió. Ni siquiera ha borrado la pizarra. Fabiana no aparece.

Por más que se vista con ropa elegante y se llene de cremas y tinturas no puede quitarse la imagen de solterona. Los alumnos son crueles y lo subrayan todas las veces que pueden. Allí está, reconocida por su prestigio académico. Todos conocen sus trabajos sobre las etnias de los habitantes primigenios. Sin embargo, su vida amorosa fue un desastre. Nunca tuvo una relación estable.

Clodomira Ayauca sabe cómo conducir las clases. Le sobran recursos didácticos y estrategias. Para la prueba crea el ambiente adecuado. El examen le servirá para saber cuánto aprendieron. Con seguridad terminará aprobando a todos o casi todos.

—Solo la hoja sobre el banco. Retiren todas las mochilas.

Reparte las hojas con las preguntas. El tema: Geografía de América del Sur. Un silencio pesado se hace dueño del aula. En el medio de la sala hay un alumno pelirrojo. Es el que llaman "El Turco", uno de los que más problemas le causa. Sabe que su examen será un fracaso. No sabe qué hacer con él. La profesora siente algo especial por ese chico que rompe todas las normas.

Con el ambiente de silencio que ha logrado estima que podrá revisar un trabajo que ha traído en un sobre de papel madera. Un voluminoso paquete de hojas. Es el proyecto de Ismael. Comienza a leerlo. A medida que avanza aumenta su desagrado.

—¡Qué bodrio!

No puede seguir. Murmullos en el fondo del aula le dan la excusa para abandonar la lectura y pasearse por entre los bancos para revisar qué está sucediendo entre los que conversan. Con su caminata logra desalentar a quienes tratan de pasarse los datos. No puede evitar mirar a El Turco. Se mueve en el banco, tiene la mirada en cualquier parte.

—"Turco", ¡no has contestado ninguna pregunta!

—Creo que no estudié lo suficiente, profesora.

—Pero si has venido a las clases. No puede ser que no sepas nada. Revisa y trata de contestar. No quiero ponerte otro cero.

Cuando vuelve al escritorio intenta seguir con la revisión del trabajo. Avanza un par de carillas. Está a punto de abandonarlo cuando descubre la foto de Ismael. Tiene algo que le atrae, no sabe qué es. Tal vez la mirada, la expresión en el rostro, un sesgo que se le antoja maligno. Algo para descubrir. Luces de sinapsis acarician sus neuronas. Le parece recordar a aquel chico de ojos azules que alguna vez encontró en la universidad.

«Está un poco cambiado. Pelos ya no tiene». Conserva una expresión que lo hace reconocible. Sin embargo, un aura maligna envuelve su rostro. Algo que no tenía antes. Algo que se cultiva en constantes fracasos. Algo que se cría en la ausencia del cariño. Los recuerdos le acercan la información sobre un joven que intentó seguir muchas carreras universitarias y no completó ninguna. No pasaba de segundo año. Insensible. Poco empático. ¿Cómo es que había dado con ella? ¿Habían llegado a charlar alguna vez? En la nota que le solicitaba la revisión de su manuscrito enfatizaba que se había quedado impresionado al leer "Humanosmia". Crujen sus entrañas. Siente cosquillas en el estómago, sus poros se abren. Le sigue una sensación de completa vulnerabilidad, como si sus pensamientos se revelaran en cada parte de su apariencia. La soledad la hace un ser muy sensible. Se pregunta cómo será estar cerca de quien la admira por su prestigio. Imagina el magnetismo de sus roces ¿Recordará que alguna vez tuvo un mínimo contacto? ¿le servirá para llenar algunas de las páginas de su vida, las que quedaron en blanco? Vuelve a abrir el documento de su obra. Ahora tiene una motivación que le brindará la energía para la dura tarea de revisar el mamotreto que le ha enviado aquel perdedor.

El ensueño que le produjo el rostro de Ismael se transformó en sorpresa y miedo cuando uno de los pájaros arremetió contra el vidrio de una de las ventanas. Los alumnos abandonaron la prueba y se ocuparon de cerrar las ventanas. Tendrán que soportar el calor por el miedo a los pájaros. «¡Malditos pájaros! Ya no se puede andar por la ciudad».

En una hora ha finalizado el examen. Quedan un par de horas de clases. Ha preparado ejercicios para esta ocasión. Duda de que sean aprovechados después del estrés del examen escrito. Vacila un instante. Al fin decide dejarles el resto libre. Los alumnos festejan. Tendrán tiempo para alguna cerveza en el bar de enfrente mientras comentan los detalles de la prueba. Ayauca se queda pensando en la entrevista con Ismael.

Aquella noche la doctora Ayauca avanzó con la revisión del manuscrito. Realizó una vista rápida tratando de captar lo esencial. Era extenso y redundante. Difícil de leer. Abundaba en oraciones interminables que resultaban complejas de interpretar. «No sé qué carajo busca con esto. ¿Pensará que se transformará en un *best seller*?». Cuando recibió el texto pensó que se trataba de un doctorado. No. Ese joven no había llegado ni a tercer año. Ahora trabajaba en el gobierno manejando expedientes. El reflejo de la magnitud de los sueños chatos de un cerebro dormido.

El texto se desarrollaba sobre una hipótesis del Universo y de las puertas. El Universo no es lo que nos muestran nuestros sentidos. El Universo real está lleno de celdas. Trillones de celdas. Infinitas. En todas las dimensiones del espacio. Como un panal de abeja. Como la flor del loto. Cada celda tiene llaves o puertas. La vida consiste en abrir esas puertas. Cuando abres una se cierran las otras. Siempre estás encerrado en una celda. Como un laberinto ciego. Toda la vida te llevará abrir unas pocas puertas y conocer unas pocas celdas. Ese será tu laberinto. Hojas y hojas sobre el mismo tema. Carpir los surcos del tedio y luego abonar los del aburrimiento. Le cuesta un esfuerzo enorme avanzar en la lectura. «Cree que ha realizado un gran descubrimiento. Solo es la imaginación que puede desarrollar su cerebro lleno de espacios baldíos». Detrás de cada oración interminable regresa la expresión de sus ojos azules. La doctora soslaya el cinismo y permite que surjan brotes de sueños. Un capítulo para referirse a una celda muy especial. Una de las puertas que conduce a la sangre. Acogedoras celdas empapadas de hemoglobina. Selvas de glóbulos rojos con aromas metálicos y claros putrefactos de glóbulos blancos. Su lado oscuro. Su rol inconsciente que puja por hacerse visible. El acto fallido que revela su instinto bestial de beber la sangre de la profesora para adueñarse de su talento.

La profesora se durmió agotada. Se quedó convencida de que el manuscrito le traerá una oportunidad. Algo que alguna vez resultó inalcanzable. El libro de las puertas será su llave para lograrlo.

CAPÍTULO IV

La visita de la planta baja del hotel El Porvenir

Nunca hubo tantos pájaros en Buenos Aires. Algo estaba pasando. Falta de depredadores naturales, exceso de comida. Se sentían sus chillidos por todos lados. Las calles estaban llenas de sus heces opacando la presencia de cacas de perros. Algunos creen que los trajeron para que terminaran con la plaga de las palomas, pero ahora escasean las palomas y los pájaros se han tornado peligrosos. Con una extensión de más de un metro de largo, tienen un cuerpo compacto y un pico fuerte. Oscuros y temibles. A veces atacan a las mascotas y a la gente. Siempre hay pájaros por donde transitan las personas, de día y de noche.

Parecía que las agujas del reloj no avanzaban. Alguien le advirtió que no estaba mirando bien. Era tarde. Era posible que la doctora ya no viniera.

Fue una sorpresa verla llegar cuando ya había dado la cita por perdida. «Debí haberme asegurado» «Tal vez no era este el lugar» La profesora aún usaba el bastón por las lesiones en su pierna. El martirio de la discriminación cotidiana de la gente. Si la vida es sencilla no vale. Le pidió que la acompañara mientras realizaba su trabajo: las entrevistas y la devolución de los exámenes; para encontrar un tiempo en que pudieran hablar de su proyecto. En principio un trámite sencillo que luego se extendió demasiado. En el trato con los alumnos la fue conociendo mejor. Le dio risa cuando le entregó el examen a aquel chico pelirrojo. El joven leyó los comentarios sobre su desastre y exclamó: «¡Murió el "Turco"!» y tiró los papeles sobre la mesa: «"Turco", tienes que esforzarte al menos un poco» Le apodaban "Turco" porque tenía un apellido raro, difícil de pronunciar. En cada entrevista se repetían las muestras de cariño de los alumnos. No le quedó más remedio que asumir que era una buena profesora. Fueron descubriendo los espacios de la universidad hasta que encontraron un intervalo para sentarse en un banco del jardín. Allí podían platicar sobre lo que les convocaba. Comenzaron a charlar sobre las puertas.

—¿Qué puertas abriste en tu juventud?

—Entonces no sabía que abrir una puerta significaba cerrar todas las otras.

—Un cielo en lugar de otros tantos cielos.

—Ni siquiera alcanza la vida para descubrirlo.

—La vida se desarrolla en entornos muy restringidos.

—Es muy difícil de explicarlo con palabras. También son escasas.

—Veo que has leído *"Humanosmia"*.

—Por supuesto. Me encantó. La pérdida de humanidad.

—¿Sabes? Casi me costó el pellejo publicar ese libro. Tuve que sacarlo de la editorial. Un viejo amigo se encargó de publicarlo en el exterior.

—Da la impresión de que nunca seremos libres.

La profesora notaba la hipocresía en las palabras de Ismael. Sabía que no eran sus pensamientos. Estaba más cerca de la ideología de los tiranos o le daba lo mismo. Era un hombre opaco. Trabajaba en el gobierno, tenía que ser impermeable para desenvolverse en ese medio.

—Solo que no entiendo bien por qué *"humanosmia"*. La crueldad es intrínseca a los seres humanos. Ser humano también es ser cruel. El humanismo contiene a la crueldad.

—Lo que quiero decir es que ser humano es ser rebelde. Si pierdes los deseos de rebelarte, dejas de ser humano.

Se les había pasado la tarde y no habían podido abordar el tema. No tendrían otra oportunidad.

—¡Esos pájaros! —Se inquietó—¡Siempre le tuve miedo a esos pájaros!

Sobrevolaban su cabeza sin que pudiera conocer sus intenciones. Tal vez les incomodaba su peinado. Habrán creído que era un nido negro, el hogar de los demonios de las aves. Tal vez por eso le atacaron. Entró en pánico. Alcanzaron a lastimarla. Ismael intentó espantarlos, pero lejos de intimidarse cada vez se ponían más agresivos. Tuvieron que alejarse corriendo del jardín. En la universidad todos se estaban retirando. Tendrían que ir a otro lado. El solo hecho de pensar en quedarse encerrados les acercaba a las gradas del espanto.

—Tenemos que irnos ¿En qué has venido?

—El subte me deja bien. Tendríamos que buscar un bar para avanzar sobre tu tema. No tendremos otra oportunidad.

Tenía razón. No habría otra oportunidad. Tendrían que buscar un lugar para seguir trabajando.

Le pidió que corriera la cartera, le molestaba para cambiar las marchas. Irían al bar del hotel El Porvenir. Ismael paraba allí durante la semana. En su carácter de funcionario debía permanecer en la Capital. Solo viajaba a su provincia cada dos o tres semanas. El sueldo no le alcanzaba para alquilar un departamento. Tampoco quería mudarse con su familia. La vida en la Capital es estresante. Al menos podía pasar los fines de semana en su soleada provincia y conservar saludables las relaciones con su familia.

Conocía a la dueña del viejo hotel desde hacía mucho tiempo. Allí les podrían ayudar con la herida de los estúpidos pájaros y tal vez tomar y comer algo. No era el mejor lugar para llevarla, pero seguro que terminaría disfrutando. El antiguo hotel El Porvenir era una puerta. Quería mostrarle que hay detrás de cada puerta en los pasillos de las atmósferas restringidas de sus existencias precarias.

Dejaron el auto en la guardería donde siempre lo dejaba. Poco lo usaba. Lo reservaba para los viajes largos. Tuvieron que usar paraguas. La lluvia se largó con todo. Por suerte el hotel estaba a pocas cuadras. Las veredas eran estrechas. Las calles corrían con agua y se llevaban las mierdas de los pájaros más abundantes que las mierdas de los perros. Caminaron llevándose gente por delante y esquivando los automóviles que circulaban. Los animales diurnos desaparecían de a poco para dejar el lugar a los nocturnos.

—Tenemos varias opciones—le comentó—, pero me gustaría mostrarte el secreto de las puertas. Fue este viejo hotel lo que inspiró mi trabajo.

—Lo que tu creas mejor, Ismael.

Primero le presentó al conserje: Damián, su querido cómplice. Nadie sabía si era hombre o mujer.

—Damián, ella es la doctora Ayauca, profesora de literatura y lenguas indígenas.

—Mucho gusto, doctora—dijo con su voz sonora dedicándole una sonrisa.

—Si me permites, le voy a mostrar el hotel.

—Por favor, está en su casa.

Más allá de la recepción con un sillón como único mueble estaban las escaleras y el ascensor. Desde el espacio contiguo del bar se podía observar todos los movimientos del hotel. Vio que tenía sangre en el cuello. Se apuró a tomar su pañuelo:

—Sigues sangrando, tendremos que ver esa herida —le dijo, mientras sentía que sus poros se abrían.

—Tienes razón. ¡Malditos pájaros!

—Se te puede infectar. Le pediremos a Dolores que te cure.

—Creo que estará bien con el pañuelo. Es solo un poco.

No había concurrencia en el bar esa noche. Solo una de las cinco mesas estaba ocupada. Tal vez por el pronóstico del tiempo. Tal vez por la hora, aún era temprano. Sin embargo, había flujo de varones hacia los primeros pisos. Las chicas de Dolores tenían trabajo.

—Parece pequeño, si no fuera por las puertas.

Ismael imaginaba puertas que dividían los espacios, aunque no existieran. La siguiente conducía al comedor, más amplio que el bar. Había un par de chicas cenando, las que trabajaban en el hotel. Amplias ventanas vestidas con cortinas que daban a los patios interiores.

—¿Tienes hambre? ¿Pedimos que nos traigan algo?

—Creo que mejor no. ¿Eso es todo? ¿Esta es toda la planta baja del hotel?

—Nunca es todo. Aquí fue donde me di cuenta.

Se quedó con su mirada. En sus ojos sobrevolaba una pregunta. Un tesoro. ¡Solo él tenía el privilegio de observarlo!

—Podemos quedarnos aquí cenando y mantener las otras puertas cerradas. Podemos abrir una y se cerrarán las otras.

—Tal como lo describes en tu relato.

Las chicas que salían lo saludaron. Todas conocían al funcionario del noveno. Nunca tuvo relaciones con ellas. Mutuo respeto. La distancia adecuada; la mayoría de las veces.

—Veamos cuales son las otras puertas y hacía dónde conducen —Le propuso.

—Buena idea. ¿Cómo sigue la herida?

—Creo que bien. La mantengo tapada con el pañuelo.

Se acercaron a la siguiente puerta. Se escuchaba una música que venía del otro lado. Alguien estaba tocando un piano.

—Aquí hay una escuela de tango. Estos son los fondos. La entrada es por la calle Pueyrredón.

Comenzaron a recorrer los espacios. Tarimas y cortinados fueron dando lugar a un salón donde algunas bailarinas realizaban ejercicios de relajación.

—Estamos fuera de los horarios de clases. Entonces esto explota.

—Solo el señor del piano.

—Se ha quedado practicando.

—¿Hay más puertas?

—Claro. El edificio abarca toda la cuadra.

Le pareció oportuno terminar allí el recorrido. El pañuelo estaba empapado en sangre. Debían revisar su herida y cortar el sangrado.

Encontraron a Dolores en el bar. Le pidió que les diera una mano con la lesión

—¡Hum! Parece un corte importante. Tengo un botiquín en mi habitación. Vamos al primer piso.

Se trasladaron al primer piso, al departamento de Dolores. A Ismael le llamó la atención la cantidad de juguetes. Dolores le leyó el pensamiento cuando estaba sentado en el sillón.

—Son de Ramiro, el hijo de Alicia.

Recordó a aquel muchachito. Siempre lo veía desde el ascensor cuando pasaba por el primer piso o en las escaleras de la planta baja.

—¿Qué fue de él, y de Alicia?

—Viven con su hermana.

Después de que Dolores atendiera la herida se fueron a la habitación de Ismael en el noveno.

—¿Quieres comer algo, tomar un café?

—Mejor vamos a hablar de tu proyecto.

CAPÍTULO V

El funcionario y la profesora en el noveno piso

En el noveno piso se hospedan varios funcionarios. Todos se parecen. El olor rancio de las oficinas del poder de los mandatarios de facto impregnado en los sacos de colores grises, ocres y azulados que los disimulan cuando vuelan y cuando están al acecho. La mediocridad se transparenta en los ojos y se revela en la corbata floja y una barba mal afeitada.

Desde el primer piso pasaron directamente al noveno. El tránsito en el ascensor. Pequeñas ventanas se colaban en los distintos pisos. Claridades y oscuridades, blancos y negros, ruidos de voces y puertas, diálogos de la tele mezclados con trozos de charlas de los distintos pisos. Escasa información como para atar cabos. El hotel era un universo, cada piso una galaxia, espiraladas, elípticas, caóticas, irregulares, lenticulares, difusas. Las luces se descubrían al cruzar de un piso al otro. Cada uno dejaba su impronta. Algún ruido, algún olor. Hay que conocer el lenguaje del hotel y su historia para interpretar lo que pasa. Sus latidos, su respiración, sus movimientos. El ascensor se detuvo en el noveno. Una nueva puerta que se abría, mientras se cerraban todas las otras. ¿Qué estaría sucediendo en el cuarto o en el octavo? ¿Habría algo que termine impactando en sus vidas?

Cuesta meter la llave en la puerta de la habitación dos del noveno. Cada una tiene sus mañas. Hay que tirar la puerta hacia adelante o hacia arriba. Todas distintas. Algunas se traban. Miran con el paso de los años en su madera. Los intervalos en que la mente puede jugar en libertad con los pensamientos. Meditaciones en el trayecto del primero al noveno. Los pasos desde el ascensor hasta la puerta de la habitación. El bastón siempre por delante. Se transformó en una presencia molesta. Una vez adentro se relajaron. La herida estaba bien. Ya no sangraba. «Malditos pájaros» «¿Por qué habrá tantos pájaros en Buenos Aires?»

—Tengo una cafetera. Podemos preparar café. También hay frutas en la heladera, o algo para beber. Soda o algo más fuerte. Lo que prefieras.

El parquet cruje cuando lo pisan. Está viejo. El tiempo transcurre para todos. Fueron repasando los escritos. Los acomodaron en la mesa. Ajustaron la luz de la lámpara y comenzaron a revisar los parámetros del texto, mientras incursionaban en las distintas opciones de infusiones, bebidas y tentempiés.

—¿Hace mucho que paras aquí?

—Muchos. Desde el sesenta y nueve... o setenta.

—¿Siempre has estado solo?

— No siempre. Muchas veces me acompañaron colegas del interior que venían a realizar tareas a la capital.

Nunca pensó que le resultara tan fácil traer a la doctora Ayauca al departamento. Los hechos sucedían de acuerdo con sus planes. Se sentía bien. No había perdido el control ni con los pájaros ni con la sangre. Todo había sucedido tan rápido que no había podido preverlo.

Lo tendría que dejar pasar. Siente que no está preparado. Es una pena, porque a veces cuesta una eternidad que se desarrollen los escenarios imaginados. Debe tener paciencia. A veces se pierden oportunidades. Solo con el tiempo puede saberse si termina siendo favorable o desfavorable. Nada tiene que salirse de control. Aprovechará para hablar del proyecto. Ganará su confianza.

Los textos cubren la mesa. Les falta espacio. Comienzan a desplegar los trabajos sobre la cama. A Ismael le gusta extender todo sobre la cama. Le motiva. Se inspira. La doctora Ayauca luce cansada.

El hechizo parece romperse en un instante, justo cuando la profesora le dice:

—¿Te importa si vamos a comer algo? Me ha dado hambre.

Es el giro que termina de desconcertarlo. Tenía esperanza de poder manejarlo, pero ya se le ha ido de las manos.

—¿Qué hora es? Me parece que es tarde. La cocina debe haber cerrado.

La expresión del rostro de la doctora es el de alguien que no acepta un no.

—Está bien. Podemos intentarlo.

La suerte no está de su lado. Hay movimiento en la cocina y en el comedor. Todavía hay gente. Se sientan a la mesa. La doctora Ayauca se entusiasma con la lengua a la vinagreta y el pan con orégano que les han traído para picar antes del plato principal. Luego sigue el ritual del vino. Es solo la variedad de la casa. Suficiente para que afloren propósitos diversos.

Su mente está en otra parte, en otro tiempo. Siente que ha perdido la batalla. No registra lo que dice la doctora Ayauca. Su prestigio se desdibuja. Se queda perdido en el ascensor. Su tránsito. La gente que llega y sube. La gente que baja. ¿Cuánto tiempo pasó desde entonces? Cualquiera habría dicho que jamás podría coincidir con Alicia. «No he tenido relaciones con las chicas de los primeros pisos» Para decirlo con orgullo. Nunca se sabe por qué las cosas pasan. El funcionario chato del noveno, tacaño y previsible; y una de las rameras del primero. Ambos hubieran hecho lo imposible por evitarse. Jamás podrían haber coincidido.

A la hora de siempre Ismael sale de su habitación para ir a comer algo. Temprano como todos los días. Las seis de la tarde. En la zona predominan las oficinas y el comercio cierra temprano. Va a un restaurante cercano siempre que no quiere comer en el hotel. Llama al ascensor. Los ruidos de siempre. El golpe cuando despega, el ascenso. De pronto aparece su fachada mecánica y se detiene. La puerta se abre después de muchas vibraciones. Cuando entra se encuentra con el cuerpo de Alicia desplomado en su interior.

—¿Qué ha pasado?

—Estoy mareada. Llamaste el ascensor apenas subí. Me has traído hasta aquí.

Tal vez la única posibilidad de coincidir con Alicia era el desfiladero del ascensor. El estrecho paso que alguna vez debían compartir. La naturaleza tiene sus trucos, sus cartas bajo la mesa.

El mozo ha traído un enorme bife de chorizo que ha pedido la profesora Ayauca. Ismael no ha querido pedir nada. No tiene hambre. Se ha llenado con las entradas y el pan. No termina de entender que le ha producido tanto apetito. Se siente incómodo. El bife está medio crudo. Así lo ha pedido. Le da asco.

Alicia ha accedido a entrar a la habitación de Ismael. Se siente mal. Le da un vaso con agua y azúcar. Se recuesta en el sillón. Está floja de ropas. Los atuendos para atraer a los clientes. Una falda corta, la blusa desprendida. Está dispuesto a esperar que se recupere y a acompañarla a su piso. Huele a alcohol. Ha estado bebiendo. Se le ocurre que tal vez le vendrá bien una tisana. De pronto ve que sangra en el cuello.

—Pero, estás sangrando.

Parece desmayarse, apenas alcanza a decir.

—Los pájaros, me atacaron los pájaros. ¡Malditos!

Si, aquella vez también fueron los pájaros. Tal vez es por eso por lo que lo recuerda. Cuando ve la sangre siente la imperiosa necesidad de lamerle el cuello. Limpiarle el cuello con su lengua. Le colma el sabor salado y caliente de la sangre, el gustillo metálico de la hemoglobina trastorna sus circuitos neuronales.

Ve cómo la profesora corta el bife de chorizo y la sangre chorrea.

—La rúcula está muy paluda —se queja la doctora Ayauca.

El olor de la rúcula le invade. Se muere de ganas de probar, pero ella no se da por aludida, parece que el mundo gira en torno suyo.

Absorbe la sangre que Alicia pierde por la herida que le han producido los pájaros en el cuello. El líquido parece parar, pero luego sigue saliendo. A esa altura ya no se puede contener. Alicia parece adivinarlo en su media consciencia.

—Espera. ¡Sin condón no!

Nada puede interponerse en su impulso salvaje. Todo termina muy rápido. «¿Violación? ¿Acaso una ramera puede sentirse violada? ¿Por qué provocan entonces los instintos de los hombres?» La lleva a la cama. La deja ahí semidesnuda. El hilo de sangre lo llama de nuevo. La escena se repite hasta que se agotan sus fuerzas.

La doctora Ayauca se ha devorado todo. Ismael siente asco al verla comer con tanta voracidad. Ahora está con el postre: cuaresmillos con queso. Se ha servido más vino. En el regreso a la habitación se cobija en sus brazos. Está entregada, rendida a sus pies. El funcionario del noveno no siente nada. Nada le atrae. El abuso de las cremas, el grotesco peinado. El maldito bastón. Todo le resulta repulsivo. De pronto todo ha salido mal. Los hechos se encauzaron por cualquier parte. No sabe cómo escapar de la situación que se ha generado.

Alicia se despierta al día siguiente en la cama de Ismael. Un leve mareo. La sangre que falta. La sangre perdida. La sangre bebida. Parece no entender nada. Está sola entre las sábanas y con la ropa puesta. La herida ha dejado de sangrar. Tal vez por cansancio. Se levanta y encuentra a Ismael durmiendo en el sillón de la sala de estar.

—¿Cómo es que llegué hasta aquí?

Da la impresión de que no recuerda lo que sucedió.

—Te encontré descompuesta en el ascensor.

Es extraño que el funcionario del noveno haya tenido una actitud gentil con ella. No le termina de cerrar. Sin embargo, no hay otra cosa para argumentar. Está acostumbrada a no preguntarse.

Ismael se convence de que Alicia no recuerda nada. ¿Cuántas situaciones similares habrá vivido? Las veces que luego se encontraron siempre lo miró a los ojos. No hubo ningún signo de duda en sus gestos.

Nada cambió en su relación distante. No había intención de que cambie. La remota probabilidad del collado del ascensor no volvió a repetirse.

No. Ramiro no es su hijo. Alicia no lo hubiera tenido. Es hijo de alguien que amaba. Lo tuvo porque sabía quién era el padre y debía ser alguien por quien sentía algo. Lo tuvo porque lo quería tener. Disponía de los medios para evitarlo. Es algo que a veces sucede y saben cómo resolverlo. No. No podría ser su hijo. Al menos que Alicia creyera que el padre era otro.

La doctora Ayauca sigue prendida de Ismael. Está dispuesta a todo. Ahora Ismael descubre que ella también tenía un plan. Los planes no coincidían. De pronto lo entiende. No estaba detrás de su proyecto. Todo el tiempo supo que su obra no llegaría a ninguna parte. Sus puertas seguirían allí, sin llevarlos a ningún lado. Tampoco podía imaginar cuál era el plan macabro que había anidado en su mente para apropiarse de su talento y que no se atrevió a consumar porque las cosas se precipitaron. Tenía un tema con la sangre. Creía que si bebía la sangre de la profesora podía hacerse dueño de su talento. Los libros sobre el tema estaban esparcidos en distintas partes de su cuarto de hotel. Escondidos entre otros. Su yo inconsciente. La sangre le excitaba, disparaba todos sus instintos bestiales.

Estaba allí, rendida a sus pies, sin que pudiera sentir nada que le atrajera. Hasta que descubrió la gota de sangre que se escapaba de la venda. Seguía sangrando. Sintió el deseo de lamer su sangre. Terminó quitándole la venda. Se despertaron sus instintos salvajes. Entonces no pudo parar. Ya no tenía los bríos de la juventud. Todo sucedió lentamente. Eso le permitió a la profesora colgarse de múltiples orgasmos. Se repitieron las escenas de aquella vez con Alicia, pero esta vez terminaron los dos desnudos en la cama. Acabó dormida con una sonrisa que Ismael nunca olvidará. ¿Cómo alguien puede sentirse tan feliz? La doctora Ayauca había logrado su objetivo. Su plan se había desarrollado a pleno. No lo olvidaría.

No pudo dormir aquella noche mientras la profesora roncaba. Seguía preguntándose en qué momento las cosas se le fueron de las manos, en qué momento perdió la conducción de los hechos. Se lamentó de sus errores. Luego se dio cuenta de que la doctora Ayauca siempre había tenido el control de los acontecimientos. Todo salió de acuerdo con sus planes. La imagen que tenía había cambiado. Se esfumó su prestigio. «¿Cómo puede ser que interpretemos tan mal a las personas?»

Luego se calmó. Comenzó a ver las cosas desde otro punto de vista. Tal vez ahora la situación era más adecuada para llevar adelante su plan, solo que aparecieron grietas en su talento. Estaría más atento a las movidas de la profesora. Algo le decía que aquello recién empezaba. Comenzó a planificar todo de nuevo deteniéndose en los detalles. Está convencido de que podrá hacerlo. Es consciente de que, si no hubiese sido un cobarde, tal vez se hubiera convertido en un asesino.

CAPÍTULO VI

Larga espera en el octavo piso

Ismael ya no quiere saber nada con la doctora Ayauca. De pronto se ha desinflado el enamoramiento de su prestigio. La profesora ha descendido a la superficie de las cosas burdas de la realidad. Le ha quitado el envoltorio de la fantasía. Le da asco la piel seca bañada en cremas. Su voz ronca ya no tiene el encanto que tenía. Sus frases se sienten desprovistas de grandilocuencia. Parecen las frases de cualquier vecino. Le molesta su pierna mala. Le molesta esperarla cuando camina. Le molesta cómo lo mira porque ahora siente que lo hace de otra manera. Es ella la enamorada. Está tibia y abandonada en sus brazos. Ha quedado rendida a los espasmos de placer que le ha provocado sin proponérselo.

Se irá al amanecer y no volverá nunca. No se acercará otra vez a ella. Se olvidará de su proyecto de las puertas. Seguirá su destino de funcionario invisible hospedado en el nueve. Ese es el firme deseo de Ismael. Se olvidará de sus planes y de sus sueños. Se reinventará. Seguirá por un camino que no tenga que encontrarse con ella. La despedirá en la puerta, a lo sumo en la puerta del ascensor. No la verá nunca más.

—¿Me acompañarás a la universidad? Tengo clases en la mañana. Si me esperas podremos seguir hablando de tu proyecto.

Las palabras se abren paso entre las cosas que habitan el dormitorio y dominan todo el espacio. Crean un enorme vacío en los tejidos internos de Ismael. No le sale una sola palabra. Después de un denso silencio la doctora vuelve a hablar con su voz ronca:

—Eso es un sí, ¿verdad?

Quiere gritar, pero no encuentra sus cuerdas vocales. No tiene garras la cobardía. Si las tuviera sería otra la historia que estaría contando. Las uñas le hubieran sido útiles. Respira. De a poco la sangre y el oxígeno recuperan los pasillos de su cuerpo. Aparecen los primeros pensamientos. Le vuelven los colores habituales.

—¿Cómo sigue tu herida? —se atreve a preguntar.

De nuevo los ojos de la profesora se enciden. Tienen la fragancia de una adolescente perdida en su primer amor. Lo abraza con todas sus fuerzas hasta que le duele. Ismael interpreta que es el secreto el que lo aprisiona. Intuye que la profesora comparte su secreto. Lo ha descubierto. Lo tiene en sus manos. Hará lo que quiera con él.

El ascensor desciende. La luz se mete en cada piso junto con las voces, retazos de voces. Los gemidos se sienten fuerte al pasar por el segundo. ¿A estas horas? ¿Volvió la francesa? Hacía tiempo que no se la escuchaba. Los últimos gemidos se cortan con una tos que da miedo. Luego siguen los gritos. Se suman los de su amante. La profesora se adhiere más a Ismael. Lo mira. Ismael prefiere no mirarla. Han llegado a la planta baja. Lo dice el golpe del ascensor. La puerta se abre. La dinámica de la entrada del hotel se mete en sus vidas. Una pareja de orientales se introduce al ascensor. El conserje de sexo indefinido atiende a la gente. Siempre tiene mucho trabajo. El olor a café de la cocina se mezcla con la fría humedad que entra por la puerta. Recortes de paraguas y pilotos. Ya no llueve. La lluvia ha dado paso a una brisa helada. Los frentes de los edificios y las casas aún tienen la lluvia en sus rostros. El pelo mojado. Los charcos en la calle.

Aquel día Ismael acompañó a la profesora. Hizo todo lo que ella quiso. La esperó en las clases. Le siguió la corriente en todo lo que se le ocurrió. Lo hizo porque estaba esperando una oportunidad para escapar. Un descuido de la académica. El momento tendría que llegar. La vigilia no podía ser permanente. Ismael desapareció. La profesora Ayauca también lo sabía. No era joven. No podía atraer a nadie. A nadie agradaría acariciar su piel acartonada llena de manchas. Las cremas no ayudaban. Su estatura media y la pierna mala. Todo lo que en algún tiempo fue seductor se transformó para lucir grotesco. Las articulaciones endurecidas. Cualquiera podría adivinar que estaba perdida. Nunca se imaginó que el sexo pudiera ser tan placentero. A esos límites. A veces las cosas llegan a deshora. Tan placentero que en poco tiempo se había transformado en una adición, una necesidad imperiosa de repetirlo.

La profesora no era una persona que se dejara llevar por la desilusión. Fue siempre una luchadora. Todos reconocían sus conocimientos sobre las culturas indígenas y la historia. Sus trabajos eran conocidos en todas partes. Sus habilidades para enseñar. Sus cualidades también le permitían conocer a las personas. Conocía bien a Ismael. Él le confió su obra. Supo descubrir lo que no decía. Adivinó cuales eran sus planes, los que ocultaba. Sabía que era frío y calculador. Detrás de esa apariencia intrascendente se ocultaba un asesino. Sabía que no lograría consumar sus objetivos por su cobardía. Todo eso le daba un amplio margen para manipularlo. Conocía también cuál era la forma de atraerlo a su lado. Estaba dispuesta a ayudarlo a realizar sus objetivos. Lo que sintió con él no lo había sentido jamás.

La doctora Ayauca no tomó el subte cuando terminó sus clases en la universidad. No regresaría a su casa. Se subió a un taxi con rumbo al hotel El Porvenir. Ya conocía al conserje. No le costó demasiado conseguir una habitación en el octavo, justo debajo de la habitación que ocupaba Ismael.

—Justo esa no está disponible. Hay una filtración en el baño que viene de arriba.

—¿No se puede arreglar?

—El plomero vendrá en unos días. Tiene mucho trabajo.

—Estoy dispuesta a tomarla de todas maneras.

—En general no alquilamos habitaciones que no estén listas. Hay otras que puede elegir.

—Pero yo quiero esa.

El conserje no terminaba de entender cuál era el interés de la doctora en esa habitación. Luego recordó que la vio salir abrazada con Ismael. Empatizar en cuestiones románticas era su debilidad. Se imaginó a la profesora perdidamente enamorada. «Hasta quiere escuchar los pasos de su enamorado» pensó y se le hizo agua la boca, como si lo estuviera sintiendo él mismo.

—Haremos una excepción. Tendrá que dejar entrar al plomero cuando venga a reparar la filtración.

La profesora se instaló en la habitación número dos del octavo piso. Justo debajo de la habitación número dos del noveno, donde estaba alojado Ismael. Ahora solo tenía que seguir su plan.

Se aligeró de ropas y prendió un cigarrillo. Revisó el cuarto de baño. Miró la mancha de humedad de la pérdida que venía del noveno. Había olor a humedad. La temperatura del ambiente estaba agradable. El piso de madera daba una sensación cálida. En su mente se mezclaban las emociones de los momentos íntimos con Ismael y los olores que en forma inconsciente iba registrando. En el ascensor se le había pegado un aroma cítrico y amaderado. Alguien que entró en el cuarto lo traía impregnado en sus ropas. Le resultó familiar pero no pudo saber su origen. «Es el olor de una planta» le dictó su mente en un segundo plano. Ahora recordaba ese olor. Entonces vio que había sahumerios arriba de la heladera. Encendió uno. No se sentía ningún ruido en el piso de arriba. Le hubiera gustado poder espiar la habitación de Ismael, pero no tenía forma de hacerlo. Al menos no se le ocurría nada. Tendría que adivinar lo que sucedía a partir de los ruidos. Se recostó en la cama de plaza y media y se tapó con una colcha que sacó del armario mientras le daba las últimas pitadas a su cigarrillo. El olor del tabaco se había adueñado de la habitación.

CAPÍTULO VII

El pintor Hidalgo en el quinto piso

El quinto piso está ocupado por Hidalgo Horabuena. Las cuatro habitaciones. Nadie sabe las dimensiones de su fortuna ni de los remolinos de su vida. ¿Se dedica solo a pintar? Tiene arreglada una de las habitaciones para esa actividad. La gente del hotel se encarga de atender sus demandas. El mantenimiento y la limpieza. Algunos piensan que Hidalgo está desconectado del mundo. Pocos lo conocen y él dice que no lo recuerda. Algunos creen que padece demencia y otros que solo lo simula. Las lagunas de su pasado levantan sospechas y relatos. Son tantos que la gente no sabe cuál creer. Sus secretos están escondidos en la muchedumbre. El mejor lugar para que nadie los encuentre.

Hidalgo reserva una habitación para su modelo. Las va rotando. No se queda mucho tiempo con la misma. Algunas de las exmodelos se han trasladado al segundo piso atraídas por la oferta de Dolores. Solo algunas, porque las mujeres que elige Hidalgo no son atractivas. Él dice que busca a las mujeres del común. La gente dice que es pintor de las miserias, aunque nadie ha visto sus cuadros. Las pinturas se amontonan en otro cuarto. Allí solo puede entrar Hidalgo. Tal vez pinta por pintar y luego lo desecha. El hotel El Porvenir es el lugar ideal para sus actividades y propósitos. Nadie le preguntará nada.

Hidalgo se sentía cansado. Con frecuencia se distraía y se olvidaba de las cosas. Cuando se bajó del 109 se preguntó qué estaría haciendo ahí. Al frente se extendía una villa de casas desaliñadas, una arriba de la otra, de vívidos colores, en calles torcidas. También se preguntó por qué llevaba un paraguas. El día estaba soleado. Las calles lucían vacías. El bullicio ensordecedor de los pájaros. Los árboles estaban llenos de aves. Las ramas se arqueaban. De vez en cuando levantaban vuelo agrupados en grandes bandadas. En ese momento el cielo parecía nublarse. Cuando sintió la mierda correr por su cuerpo comenzó a recordar. «Llevesé un paraguas, señor Hidalgo. Las aves están imposibles» Comenzó a extender el paraguas. Se tocó en el cuello el líquido espeso y caliente que había corrido por su cabeza. «¡Malditos!» Se miró la mano sucia, choreada de sedimentos amarillos y violáceos de un fuerte olor acre. No tenía cómo limpiarse. Enseguida el pañuelo quedó inutilizado. Quitó las suciedades de sus anteojos y volvió a colocárselos.

Una mujer que se había bajado del ómnibus en la misma parada le advierte:

—Señor, no se meta en esa villa. Es peligrosa.

Hidalgo no sabía si en realidad venía a esa villa. No tenía idea de qué estaba buscando. Tenía que tomarse un tiempo para averiguarlo. Se sentó en el banco de madera de la parada de colectivos. Comenzó a indagar en sus bolsillos. Lo primero que obtuvo fue una tarjeta de las que llevaba en su abrigo. La tarjeta decía: Hidalgo Horabuena, pintor y fotógrafo profesional. Hotel Porvenir. Pueyrredón y Arévalo. Luego siguió buscando en otro bolsillo y ahí encontró un papel con una nota escrita a mano: "Buscar modelo"

Con esos datos Horabuena ya estaba de nuevo ubicado en el tiempo y en el espacio. Tenía que entrar a la villa. Tenía que entregar las tarjetas para conseguir una modelo para sus pinturas. No buscaba a una joven atractiva. Tenía que ser alguien de la comunidad, vulgar y corriente. Ya lo había hecho antes. Sabía cómo hacerlo. Comprobó que en uno de los bolsillos llevaba el aerosol para los ataques de los pájaros que podían servirle para defenderse de algún atacante humano. En otro la pistola. Estaba preparado. Solo le molestaba el olor ácido de la mierda que no había podido limpiarse y le picaba en el cuello.

Descendió de la avenida para entrar en la villa del bajo. Allí también los pájaros hacían de las suyas. Amontonados en los techos precarios se enfrentaban en frecuentes peleas. El bullicio era espantoso. Al cruzar el baldío vio cómo un grupo de aves terminaban de comer los últimos restos de un perro que había abatido a picotazos. Hidalgo se preguntaba hasta cuándo duraría esta situación. La impotencia de las autoridades. Las campañas de exterminio no habían sido exitosas. Una vez introducidos los depredadores no tenían como volver atrás. También abundaban los ratones que se hacían festines con los huevos de las aves. La situación estaba desbordada y no se vislumbraban posibles soluciones.

Caminó pegado a las casas. Los pocos transeúntes se movían evitando a las aves. De vez en cuando pasaba algún vehículo. Se detuvo a mirar a una mujer que colgaba la ropa en un precario balcón. Pensó que podría ser su modelo. Trató de llamar su atención. Ella se metió de nuevo en la casa sin verlo. Adivinaba que había muchos ojos espiándolo. La gente no se veía. Todos lo veían a él y sabían que era un extraño. ¿Cómo se atrevía a meterse en el barrio? ¿Era solo un caminante desprevenido o tenía otras intenciones? No pasó mucho tiempo hasta que se presentó el primer inconveniente. Pasaron dos motos. Al verlo frenaron y dieron la vuelta. Un hombre viejo y solo era una presa fácil. Hidalgo se preparó para lo peor. Antes de que los motoristas lo alcanzaran sintió una voz femenina detrás suyo.

—¡Por acá! ¡Por acá!

Hidalgo vio una puerta que se abría para dejarlo entrar y no dudó. Una joven se apresuró en hacerlo pasar y cerrar de nuevo la puerta.

Adentro de la pieza estaba oscuro. Hidalgo no veía nada. Luego su vista se fue adecuando a la oscuridad y comenzó a distinguir los muebles, una mesa, varias sillas. Una anciana sentada en una silla de ruedas.

La joven seguía mirando hacia afuera a través de la ventana semicerrada.

—Están en la puerta.

—¿Cómo te llamas, pequeña?

—Rocío. Tendrá que esperar hasta que se vayan.

—Me salvaste la vida.

—Esta villa es muy peligrosa. ¿A que ha venido? ¿Busca a alguien?

—¿Tienes un poco de agua para lavarme? Me cagaron los pájaros.

La chica sonrió y le indicó la puerta del baño.

La mancha de excremento era grande. Aún quedaban restos pegoteados en su cuello y su espalda. También se había ensuciado el cuello de la camisa.

Cuando Rocío volvió a preguntarle qué hacía en el barrio, Hidalgo buscó en los bolsillos de su abrigo. En uno de ellos halló la respuesta. La nota en papel doblado que todas las veces le hacía retornar a la realidad entre los difusos circuitos de su mente.

—Estoy buscando una modelo.

A Rocío se le iluminó el rostro. La palabra modelo tiene la magia para despertar los sueños. Más aún en una adolescente.

Hidalgo adivinó la inquietud en la chica. Sus ojos revelaban que había cambiado su pulso. Sus mejillas se llenaron de sangre nueva.

—¿Cuántos años tienes?

—Catorce.

—Eres muy chica. Necesito alguien que sea mayor de edad. ¿Dónde está tu madre?

La emoción de la chica pareció dispersarse.

—Trabaja en una casa en la ciudad. Pero… No le servirá de modelo. Está arruinada. No puede dejar de engordar. Come muchas harinas. Yo soy más bonita.

—Ya lo creo, pero me meterán preso. No puedo trabajar con menores.

—Acá nadie cumple las leyes.

—Tampoco busco mujeres hermosas. Por eso vengo a los barrios periféricos.

Hidalgo Horabuena sacó una de las tarjetas que llevaba en su bolsillo.

—Toma. Dásela a tu madre. Tal vez le interese. Le pagaré diez pesos la hora, la estadía en el hotel y la comida durante el tiempo que la necesite.

—¿Puedo ir con ella? —preguntó Rocío mirando con interés la tarjeta.

—El hotel no es lugar para menores. Hay muchas cosas turbias allí. Solo es un trabajo. No es lo que ves en la televisión.

Luego reparó que la chica debería estar en la escuela a la vez que se preguntaba si era oportuno regresar a la calle.

—Y tú ¿qué haces, Rocío?

—Tengo que cuidar a mi abuela cuando mi mamá trabaja.

—Eres muy confiada. ¿Por qué dejaste entrar a un extraño a tu casa?

—He visto lo que hacen esos locos de las motos. Le habrían robado todo y lo habrían dejado tirado.

—¿Y no tienes miedo de que vengan por ti?

—Solo roban en otras partes y a los tontos que entran a la villa.

—¿Y la policía?

—La policía solo viene a la villa para recoger su parte.

Hidalgo estima que es tiempo de partir. Ya ha causado demasiados inconvenientes a la muchacha. Quizás llegue alguien y lo encuentre allí. Tendrá problemas para explicar qué está haciendo solo con una menor. La abuela parece una planta. Ni una palabra, ni un gesto.

—¿Qué le pasa a tu abuela?

—Está perdida. No se acuerda de nada.

Horabuena saca un billete para compensar a Rocío. La joven lo rechaza.

—Me gustaría ser su modelo —insiste.

Hidalgo se sorprende de la honestidad de la joven.

—Me encantaría, pero no se puede. Además, ¿Quién va a cuidar a tu abuela?

Al pintor se le ocurre una idea para superar el momento.

—Te diré lo que haremos —le dice mientras saca varias tarjetas de su bolsillo—. Me ayudarás a repartir las tarjetas para conseguir una modelo. Tu conoces mejor la villa. Cuando consigas a alguien la llevas al hotel y te compensaré por el trabajo.

Rocío acepta. Sabe que terminará siendo la modelo de Hidalgo. Confía en sus atributos. Siempre pensó que la vida le daría una oportunidad.

—Yo me encargo, señor. Ahora vaya a tomar el ómnibus de regreso. No puede seguir corriendo riesgos en esta villa.

Muchas preguntas quedaban sin respuestas. La curiosidad de la juventud impetuosa de Rocío buscaba sin cesar.

—¿Por qué vino a esta villa?

—No lo sé. No recuerdo las cosas. Estoy como tu abuela. Tengo que anotar en papeles lo que tengo que hacer. No sé porque me bajé en esta parada ni porque vine a este barrio.

—Al menos está organizado. Mi abuela está perdida.

—Siempre me olvidé de las cosas. No sé si es una enfermedad nueva o una que tuve desde siempre. No me acuerdo.

—Le acompañaré hasta la parada de colectivos. No vaya a ser que otra vez se aparezcan los de la moto.

—¿Y la abuela? ¿Dejarás sola a tu abuela?

—¿Usted cree que se acordará?

Rocío llevó de la mano a Hidalgo hasta la parada del colectivo.

—¿Cuál es el que tiene que tomar?

Hidalgo metió su mano en el bolsillo y sacó un papel en el que estaba escrito 109.

—¿Cómo sabe cuál es el papel que necesita?

—No lo sé. Es la teoría del caos. Aunque no lo creas es la que determina nuestros pasos. Todos abrevamos en las praderas del sesgo en la mística de las probabilidades.

Apenas un silencio de Rocío, sin enfatizar que no podía comprender lo que el hombre estaba diciendo. Su sabiduría era suficiente para enmaderar su sueño.

Hidalgo saca la tarjeta con la dirección del hotel para dársela al chofer del ómnibus. Él se encargará de decirle adónde tiene que bajar. Rocío regresa a su casa. Siente que ha cambiado su vida. La satisfacción de haber salvado a Hidalgo de un robo y una golpiza. La certeza de abrir el sueño de convertirse en modelo.

A Hidalgo Horabuena no le importa dormirse en el circuito del ómnibus. No sabe cuántas vueltas da. Lo despierta el llamado del chofer:

—¡Su destino señor!

Su cara de despiste induce al chofer a ser más preciso.

—A dos cuadras de aquí está su hotel.

Como un suceso mágico el Hotel Porvenir aparece a dos cuadras. No evita que Hidalgo se pregunte: «¿Qué carajo hago yo aquí?» Al verlo llegar el conserje se apura a abrir la puerta y le anima entrar rápido, antes de que se cuelen los pájaros al interior. Su vehemencia no impide que entren dos antes de que cierre de nuevo la puerta. Se apura a matarlos a paraguazos y tira sus cuerpos afuera. La gente del hotel sigue su rutina sin que le llame la atención. La pelea con los pájaros es parte de los problemas cotidianos. Antes de preguntar nada, el conserje le ha dado la llave 54: habitación cuatro del piso cinco. Demás está pensar que es su habitación. Cuando entra a su departamento recuerda que debía buscar una nueva modelo. Mudos, el atril, los pinceles, las sábanas blancas y un viejo equipo de música parecen reclamárselo. Ya es muy tarde para salir a buscarla. Una sensación de sequedad en el estómago y la abundancia de saliva en la boca le hacen intuir que es la hora de comer: ¿El almuerzo o la cena? Tendrá que consultar los papeles anotados.

Cuando Hidalgo toma el ascensor se encuentra con alguien que viene bajando. La doctora Ayauca está en su interior. Comparte el breve tiempo de los cinco pisos de descenso. No la vio nunca «¿Será la nueva modelo?»

—¿Usted ha venido por Hidalgo? —le pregunta.

—No, he venido por Ismael.

—¿Ismael? ¿El del noveno?

La doctora asiente con la cabeza. Hidalgo sigue dudando. Saca un papel del bolsillo y lee en voz baja: «Rocío se encargará de buscar la nueva modelo»

—¿La ha enviado Rocío?

—¿Rocío? No sé quién es Rocío.

Hidalgo no quiere parecer grosero, por eso se explaya.

—Disculpe. Es que ando buscando una modelo para mis cuadros y pensé...

La palabra modelo tiene magia. Suena bien al oído. La doctora sonríe. Lo toma como un piropo. «¡Qué zarpado! ¡Me quiere levantar!» Son cosas que no le suceden todos los días. ¿Estará cambiando algo?

—¿Usted cree que puedo ser una modelo?

—Hablo en serio, señora. Disculpe si me ha malinterpretado. Soy el pintor del quinto. Aquí todos me conocen.

El ascensor se detiene en el primero. En el camino descubrieron que llevan el mismo destino. La doctora Ayauca y el maestro Hidalgo comparten la cena. Guiso de garbanzos. Las aves están en todos los platos. Desde que abundan se han desarrollado miles de recetas. Un intento de ponerles límites que no da ningún resultado.

Hidalgo le cuenta una parte de su objetivo:

—Cuando la vi pensé que podría ser mi modelo.

Lo que no le dice es que no está buscando mujeres hermosas.

—¿Cuál es el trabajo de sus modelos?

—Solo posar.

—¿Desnuda?

—¡Claro!

La sola idea de posar desnuda hace que la doctora sienta que se le abren todos los poros. Una sensación de frescura agradable recorre todo su cuerpo. Se le ocurre que podría posar mientras espera que aparezca Ismael de regreso en el noveno.

—Me gustaría posar para usted.

—Estoy pagando diez pesos la hora, la estadía en el hotel y la comida, mientras dure el trabajo.

A medida que Hidalgo le cuenta los detalles, más se excita. Disfruta de la cena y del vino de la casa, hasta que se inquieta con la expresión del rostro de Hidalgo:

—¡Está sangrando!

En ese momento una gota de sangre cae sobre su plato.

Hidalgo se levanta para ver su herida. De inmediato la cubre con las servilletas de la mesa. La herida detrás de la oreja está abierta y sangra.

—Es la herida que me hicieron los pájaros —explica la doctora—. No termina de cicatrizar.

El mozo los conduce a Dolores, en el primer piso. Allí está el botiquín de primeros auxilios.

—¿Aún no se ha curado la herida? —le pregunta Dolores.

—No ha cicatrizado. Las heridas de los pájaros son difíciles de curar.

—¡Malditos pájaros! Nos están cagando la vida.

Luego Dolores repara en el pintor.

—Es extraño verte por acá. Antes venías más seguido.

—¿Antes? ¿Cuándo?

—Cuando te acordabas.

—¿Venía por aquí?

—¿Seguro que no te acuerdas? Anda, no te hagas el tonto.

Luego le sugirió:

—¿Por qué no invitas a posar a las chicas mientras esperan?

—Las necesito a tiempo completo. Sin interrupciones.

Hidalgo tiene que llevar a la doctora Ayauca ebria y herida a su cuarto de hotel, en el octavo. Luego de dejarla dormida en el sillón regresa a su habitación. Se quita el abrigo y deja todos los papeles que saca de sus bolsillos sobre la mesa. Selecciona los antiguos y los tira al basurero. Deja los nuevos pegados sobre la mesa.

Ha sido un día duro. Se dará una ducha y se meterá en la cama. Cuando se levante al día siguiente se acercará a la mesa y leerá los papeles. De esa manera sabrá lo que tiene que hacer. Leerá: "Rocío se encarga de buscar la nueva modelo". Se rascará la cabeza sin recordar quién es

Rocío. Luego leerá la siguiente nota: "La doctora Ayauca vendrá a posar a las diez". Caminará hacia la cocina sin recordar nada de la profesora. En la puerta le espera otro cartel: "El desayuno es hasta las diez" La ardua lucha cotidiana. Cada día le cuesta como escalar una montaña. Todo estaba bien hasta que se le metieron los pájaros en la cabeza.

CAPÍTULO VIII

Rocío de visita en el quinto piso

A las diez en punto la doctora Ayauca golpea la puerta de la habitación de Hidalgo. El pintor la atiende y luego de consultar con la nota del papel de la mesa le indica que la sesión de pintura es en la habitación de al lado, que ya está abierta, que puede entrar y ponerse cómoda, que en unos instantes comenzarán.

La profesora entra a la habitación de pintura. El cuarto es similar a los otros, pero aquí está adaptado para el trabajo del pintor. Un sillón al lado del ventanal, una serie de lámparas en distintas posiciones. Trata de captar toda la información de la sala. La mesa con los pinceles, espátulas, esencia de trementina y los pomos de distintos colores. La paleta para combinar las pinturas. El lienzo estaba montado en un trípode. Una lona lo tapaba. Quitó la lona para ver qué había debajo: nada, solo estaba listo para ser utilizado. Nada más había allí. En vano la doctora intentó encontrar algún cuadro que ya estuviera pintado. «¿Dónde estarán sus cuadros? ¿Qué clase de pintor es?» Un equipo de música, una mesa con frutas y jugos. La doctora Ayauca se ilusionó con la fantasía que el maestro traía allí a las mujeres con la excusa de pintarlas para seducirlas. Se imaginó retozando en el sillón. La aventura con Ismael le había despertado apetitos que estaban dormidos y que amenazaban en convertirse en una adicción. Sintió ganas de fumar, pero se contuvo. Justo entraba el maestro Hidalgo.

El pintor le indicó que debía acomodarse en el sillón, le dio una bata y le pidió que se quitara la ropa. Al mismo tiempo Hidalgo comenzó a desnudarse. «Vaya» pensó la doctora Ayauca entusiasmada «Va más rápido de lo que creía»

Hidalgo se dio cuenta de que debía dar una explicación.

—Es solo para estar en iguales condiciones. Me lo sugirió una modelo. Funciona. Ayuda a crear el clima.

Acomodó las luces. Le indicó cómo posar. Luego comenzó a preparar las pinturas. Se tomó un momento para elegir la música.

A la media hora la doctora Ayauca estaba aburrida. Sentía ganas de fumar. Estaba cansada de permanecer en una sola posición. El maestro la había decepcionado. Ni siquiera le animaba contemplar su cuerpo desnudo. Hidalgo no era joven. Un poco encorvado y con una barriga pronunciada no despertaba ningún deseo.

Cuando la profesora devenida en modelo comenzaba a buscar la forma para escapar del pozo en el que había caído, sonó el teléfono.

—¿Rocío? Ah, sí. Dile que la espero, que suba.

Rocío llegó al hotel antes de que comenzara la lluvia. El conserje amable le preguntó qué andaba buscando. Sin dejar de mirar para todos lados tratando de registrar el tupido movimiento del hotel, le alcanzó la tarjeta donde se leía: maestro Hidalgo Horabuena. El conserje debió guardar para otra ocasión la frase que tenía reservada «Está completo. No hay cuartos disponibles» Le hacía un poco de ruido la edad de la niña. En un primer momento pensó que era asunto de Dolores. Le dijo que deje su paraguas junto a los otros. Tomó el teléfono y discó la habitación del maestro.

—Hay una señorita que pregunta por usted. Se llama Rocío.

Hidalgo revisó con un ojo los papeles de la mesa y con el otro respondió:

—Dile que la espero, que suba.

—Hidalgo te espera, está en la habitación cincuenta y cuatro.

Rocío se encamina al pasillo. Vio que alguna gente salía por ahí y pensó que allí estaría el ascensor o la escalera.

—Por ahí no, señorita.

En ese momento pasó Dolores. Miró con intriga a la chica. Su cara está contraída, le molestaban los malos olores que percibía.

—Damián, Lleve a lavar esos paraguas sucios. El olor de los excrementos se siente por todos lados. Traiga los limpios del lavadero.

—Enseguida, señora.

El mismo conserje se encargó de abrirle el ascensor a Rocío. Esperó a que marcara el número cinco y la saludó con una sonrisa. El ascensor se ocupó de llevarla hasta el quinto y mostrarle en escueto recortes los ruidos y los olores de los distintos pisos que atravesaron. Luces y sombras, gemidos, voces, ruidos de choque de cristales y vajilla. Demasiado complejo para comprender la anatomía del antiguo hotel donde recién llegaba. Suficiente para regar las semillas de curiosidad que se hinchaban para surgir a la vida.

Depositada en el quinto se preguntó cuál puerta debía tocar. Aún tenía la tarjeta en su mano, pero no se había dado cuenta que la dirección decía: habitación 54. Cuando estaba por golpear en la 3, la puerta de la habitación de al lado se abrió y apareció Hidalgo. Rocío se extrañó de que le preguntara:

—¿Tú eres Rocío?

—Si, señor.

Hidalgo la miró de pies a cabeza.

—¿De dónde te conozco?

—De la villa. ¿No se acuerda? Casi lo asaltan.

El rostro tallado en madera de Hidalgo no le permitía a Rocío adivinar que pasaba por la mente de aquel hombre.

—¿No tenías que traerme a una modelo?

—Estuve buscando, pero nadie me cree —contestó la niña en el momento que le alcanzaba una nota escrita en un papel con una letra horrorosa.

La nota decía que daba autorización a Rocío para que posara para Hidalgo, los jueves y los viernes.

Hidalgo no quería meterse en problemas. Sus modelos debían ser mayores de edad. Procuró encontrar la forma de decirle sin que se desilusionara.

—Acá son muy estrictos. Eres muy chica. Me encantaría pintarte, pero me traerá problemas.

Rocío se queda mirando el piso. Cualquiera se puede imaginar sus ganas de llorar. Tendrá que volver a su casa con las manos vacías.

La doctora Ayauca ha escuchado la conversación y quiere irse.

Se acerca con la bata puesta para estar igual que el maestro. Cree que tiene la oportunidad de salir del lugar donde se ha metido.

—Yo ya estoy cansada, Hidalgo. Sigue con ella.

—Es una niña, doctora.

—Voy a cumplir quince. Mi mamá lo autoriza.

Hidalgo no quiere seguir con la discusión. Saca un billete y se lo da a Rocío.

—Toma. Con esto tienes para volver en un taxi y un poco más. Vuelve cuando hayas encontrado a una mujer que quiera posar.

La doctora Ayauca ha puesto un cigarrillo en su boca y se dispone a prenderlo.

—Le pido que no fume en la sala, doctora.

—¿Cuánto tiempo le llevará terminar el cuadro?

—No lo sé. Depende de mi inspiración. Puedo terminarlo en un día o me puede llevar meses.

—¡Meses! Me aburro Hidalgo, este trabajo no es para mí.

—¡Ah, no! ¡Ahora tendrá que esperar a que lo termine!

—Vaya, no se enoje, Hidalgo.

—¿Qué creyó que era esto? ¿Una fiesta?

—Está bien. Está bien.

—¿Por qué piensa que me cuesta tanto conseguir modelos?

—¿Por qué rechazó a esa chica que tiene tantas ganas?

—No puedo. Es menor.

—Seguro que termina trabajando para Dolores.

—Me ha quitado las ganas de pintar. Creo que seguiremos mañana.

—Al menos con usted estaría bien cuidada.

Hidalgo intenta volver a la sesión de pintura. Continúa la primera capa, pero no queda conforme. Está desconcentrado.

—Seguiremos mañana. Solo podrá irse cuando el cuadro esté terminado.

CAPÍTULO XIX

Reencuentros en el bar de la planta baja

La Plaza de Mayo está llena de pájaros. Predominan esos de color negro azulados. Son carroñeros y sucios. Sus nidos están en las terrazas, en los balcones, en todas partes. Están construidos de palos, trapos, plásticos, todas las basuras que encuentran. Acumulan carne podrida para darle a los críos cuando nacen. Huelen mal. La gente piensa que los han traído los militares. Lo piensan, pero no lo dicen, porque no se puede decir cosas que no están autorizadas. Las personas siguen con sus rutinas. Todos usan los paraguas para evitar las suciedades de las aves.

Hidalgo bajó de su habitación. La doctora Ayauca lo ha desconcentrado y no puede pintar. Tendrá que esperar que se le pase. Escucha el ruido de la lluvia en la calle. Se le ocurre que es buena idea salir al portal del hotel para respirar aire húmedo y fresco. Cuando pasa por la recepción se acuerda de Rocío. Pequeñas ráfagas de lucidez entre la maraña del olvido le hacen recordar que la joven fue muy atenta protegiéndolo de los maleantes que querían asaltarle. Aprovechó la presencia de Damián para preguntarle:

—La joven que preguntaba por mí, ¿Ya se fue?

—¿La morochita? Creo que está en el primero con Dolores.

Se le erizaron los pelos. La profesora había acertado «Seguro que terminará trabajando con Dolores» No lo podía permitir. Tenía una deuda con ella. Subió rápido al primero. Si se demoraba corría el peligro de olvidarse.

—Rocío es mi modelo.

—Llegaste tarde viejo, ya hemos acordado.

—Te pagaré el doble de lo que ella te paga.

Dolores pensó «¡Que viejo pelotudo!» No podía decirle nada. Hidalgo era un prestigioso pintor, viejo cliente del hotel.

—Te espero el jueves.

—Está esperando que pase la lluvia. Solo charlábamos. ¿No era que no contratas menores?

—Ven conmigo, Rocío. Necesito que me ayudes con las pinturas.

Hidalgo aprovecha el día para explicarle a Rocío como se preparan las pinturas y como se limpian los pinceles. Le promete que, si todo va bien, posará para él. Rocío se entusiasma. Le agrada la atmósfera que hay en la sala, las luces, las cortinas, la música. Ha logrado el objetivo que se había propuesto. Hidalgo pega un nuevo papel en la mesa y en la puerta de la cocina: «Rocío vendrá los jueves y los viernes» Son los mensajes que lo transportan al futuro. Cada vez tendrá que ver qué día es en el almanaque. Para eso solo tiene que recordar tachar cada día el día que pasa.

Hidalgo acompaña a Rocío hasta la parada del colectivo,

devolviendo gentilezas que no recuerda. Luego retorna al hotel. Casi se pierde. Pasa por la puerta del hotel sin darse cuenta. El conserje lo llama.

Sin nada que hacer ni papeles que revisar solo le queda sentarse en la mesa de bar para tomar un café y tratar de peinar sus pensamientos desmembrados. Es muy difícil vivir con tantos pájaros en la cabeza.

Desde su mesa puede mirar quién entra y quién sale. El diario "Contraste" está sobre la mesa. Es el pasquín que todos leen, lleno de mentiras. Complaciente con el poder autoritario que domina el país. Imposible informarse con lo que publica. Hay que adivinar lo que no está escrito. Prohibida la palabra dictadura. Lleva décadas. Se dobla, pero no se rompe. Persiste como las enfermedades crónicas. El periódico le sirve para ocultarse de acuerdo con los visitantes que irrumpen en el hotel. Lo levanta cuando entran los funcionarios del noveno. Amigos del poder. Sus custodios. Sus soplones. Trajes y apretadas corbatas. Rostros afeitados con expresiones agrias. Es mejor que no lo vean. La pelea con los pájaros es cada vez más intensa. En torno a Hidalgo hay sospechas de que los pájaros están en su cabeza. Por eso le cuesta recordar. No tiene suficiente espacio entre sus circuitos neuronales. Debe dejarles lugar a las aves. Él sabe cómo se las gastan con los que piensan distinto. Conoce las habitaciones del séptimo piso. Estuvo allí y escapó, aunque no lo recuerda.

De pronto su rostro se ilumina. Se saca los anteojos para asegurarse. Ha visto de nuevo esos labios que le resultan familiares. Esos labios que a primera vista dan ganas de besarlos. La dueña de esos labios sonríe. Lo ha reconocido. Un adolescente la acompaña.

—¡Hidalgo!

En las tramas de la amnesia hay pistas de su nombre. Hay quiebres y lagunas entre los olvidos.

—¡Alicia! ¿Estás de vuelta?

La cara rellena habla de masas de tejidos que antes no estaban. Nadie puede dudar de que sigue siendo hermosa. Debe esmerarse un poco más en elegir la ropa al vestirse.

—¡Qué grande estás, Ramirito!

—¿Todavía sigues desmemoriado?

—Sobrevivo. No puedo olvidarme de las notas.

—Siempre tan precavido. Al menos te acuerdas de mí.

—Apenas la luz de tus labios.

—¿Has olvidado todos nuestros encuentros?

Ramiro mira para otro lado. Se acomoda los anteojos. La conversación con Hidalgo le incomoda. Se parece a todas las charlas que entabla Alicia. Puede adivinar lo que dirán.

—Me encantaría recordar. A veces tengo algunos destellos.

—Siempre fuiste especial para mí, Hidalgo.

—¿Alguna vez te pinté?

—Debieras revisar tus cuadros. ¿Adónde los guardas?

—Tendría que pensar qué pájaro eres. ¿Una calandria? ¿una gaviota? ¿Una golondrina?

—No me pintaste. Dijiste que no pintabas cosas bellas. Tal vez ahora te pueda interesar. Los años se me han venido encima y han pasado factura.

El pintor mira a Ramiro. Recorre sus detalles. El esplendor de su adolescencia.

—No, no es hijo tuyo, por si acaso lo estás pensando.

Le llamó la atención que frunciera el ceño cuando se lo dijo. ¿Sería un mensaje encubierto? No lo recordaba.

—¿Qué haces, Ramiro? ¿Estudias?

Ramiro afirma con el rostro. Alicia aporta los detalles.

—Si, estudia, pero ahora se quedará conmigo. Dolores me ha convencido. Intentaré volver a mis andanzas. Me iba bien. Ramiro tiene un proyecto. Se instalará en el cuarto piso.

—¡Qué bien! ¿De qué se trata?

—Es secreto. Igual que todas las cosas del hotel.

—Al menos no es en el séptimo.

—¿Qué hay en el séptimo?

—¿No lo sabes? Es mejor si no lo sabes. Creo que hablé de más. Has de cuenta que no te dije nada. A veces no recuerdo lo que debo olvidar.

Alicia se va. Se hubiera quedado a compartir un café con Hidalgo, pero Ramiro está apurado. Ahora es el chico quien determina las cosas. Todo ha cambiado. Ella vivirá en el primero, como antes. Ramiro en el cuarto.

Hidalgo se queda revisando los títulos de "Contraste". Lo sube y lo baja de acuerdo con las personas que entran y salen del hotel. Tiene que andar con cuidado. Las cosas parecen estar poniéndose tensas. Los poderosos tienen dificultades en controlar a los pájaros y a los grupos rebeldes. Ha notado que andan husmeando más cerca.

En un momento aparece Dolores. Siempre controlando todo. Le molesta el olor de la mierda de las aves carroñeras invasoras. Se la pasa revisando si los paraguas están limpios y la agenda del conserje.

—¿Tenemos algún huésped para hoy? ¿Te ocupaste de que

limpien los cuartos del sexto?

El conserje le dice que ha venido Alicia, que ha subido al primero. Es la forma elegante que tiene de sacársela de encima.

CAPÍTULO X

El proyecto de Ramiro en el cuarto piso

Las aves dificultan o impiden el desarrollo de las actividades cotidianas de la ciudad. Están en todas partes con sus siluetas falconiformes. Se meten al subte y a los buses. Los automóviles se las llevan por delante. Dificultan el tránsito y se producen accidentes. Las casas particulares y los edificios tienen que mantener las puertas y ventanas cerradas. La junta militar que hace décadas está a cargo del ejecutivo ha emitido su comunicado N° 2124 en el que recomienda a los ciudadanos mantenerse en sus casas porque se realizarán operativos para eliminar los pájaros rapaces. Se han suspendido las actividades de rutina en las escuelas, la administración pública y el transporte. Suenan las sirenas. Luego aparecen los camiones del ejército con la carrocería cubierta de una lona verde. Soldados apostados con fusiles en cada baranda disparan a todas partes. Caen por igual, las aves y las personas. Después de haber emitido el comunicado correspondiente, la junta no se hace responsable por los ciudadanos que hayan sido alcanzados por los disparos. Horas más tardes pasan los camiones levantando los pájaros muertos. También cargan a los humanos que fueron víctimas fortuitas de los disparos.

Aurelio sigue viendo camiones que pasan y sigue pensando que es una pena que se desperdicien tantas aves habiendo tanta hambre en el país. El abuelo le dirá que no se pueden comer porque son pájaros carnívoros, que tiene mal gusto.

—Es como comerse un león.

Aurelio lo mira incrédulo. Sabe que en el campo se comen a los gatos monteses y a los pumas. En las villas se comen a los perros ¿Cómo sabrá la carne? ¿agria, seca?

—¿Es verdad que los han traído para terminar con las palomas?

—Aurelio, debes aprender que hay cosas que no se deben preguntar.

—¿Las preguntas que no tienen respuestas?

—Esas mismas. La que no tiene respuestas.

Los pájaros cambiaron la mentalidad de las personas. Aumentaron las enfermedades mentales. Hay mucha gente deprimida y desmemoriada. Se incrementó la tasa de suicidios. Algunos creen que la llegada de los pájaros no es casual, pero no se atreven a decirlo. Hidalgo está entre los más sensibles. Hay veces que hasta piensa como un pájaro.

Ramiro se instala en una de las habitaciones del cuarto piso. Es la habitación que le ha conseguido Dolores. Ha pasado mucho tiempo con ella en las épocas de las vacaciones. Disfruta de las buenas notas obtenidas en la escuela y está por ingresar a la universidad.

LA INVASIÓN DE LOS PÁJAROS

Luego de instalarse en su habitación, el joven va a visitar a las chicas del segundo. No olvida los momentos agradables pasados en las horas de espera, el cariño y los mimos. Las jóvenes se alegran y le dan la bienvenida. Alguna dice:

—Estas hecho un hombre.

Entre las jóvenes está la francesa. La escuchó tantas veces que se transformó en una obsesión.

—Quiero debutar contigo —le pide.

La francesa se siente halagada.

—Será un honor. Pero ¿Cuántas veces piensas debutar?

¿Acaso importa? Esta vez procurará gritar como nunca.

—Nos han dicho que comenzarás la universidad.

—Si, claro. Por eso he venido a quedarme acá.

—¿Cuándo comienzas?

—En febrero empieza el cursillo.

Ramiro estuvo trasladando valijas y cajas al cuarto piso durante varios días. Lo hacía en el momento de menos tráfico de gente en el hotel para no llamar la atención. Las horas de la madrugada, cuando todos duermen. Algunas quedaron para más tarde. Sabía que no podía evitar que Hidalgo lo viera. Lo descubrió detrás del diario. No le agradaba el pintor. Despreciaba su bohemia. Lo imaginaba falso. No le gustaba como miraba a Alicia. Detrás de todo estaba la pregunta que se hacía sobre cualquier hombre que su madre saludaba. «¿será mi padre?» No. No debe ser mi padre. A mí no me gustan las pinturas. «¿Cómo puedo saberlo si nunca vi sus pinturas?».

—Mamá, ¿Son bonitas sus pinturas?

—No las he visto.

La misma respuesta que daban todos. ¿Sería un impostor?

Un día subiendo las cajas se encontró a Rocío sentada en la escalera.

—Y tú ¿Quién eres?

—Rocío.

—¿Y qué haces aquí a estas horas?

—Estoy esperando que el señor Hidalgo se levante.

Ramiro no pudo ocultar su gesto de disgusto. Eso animó a Rocío a explayarse:

—Poso para él.

«Viejo degenerado» pensó Ramiro sin disimular su disgusto. Desde el primer momento que vio a Rocío sintió el deseo de hacer el amor con ella. La imaginó fresca y tierna. Como nunca lo había sentido. Estaba empalagado de los labios cremosos de las prostitutas. Sus suspiros sonarían diferentes a los de la francesa. A Rocío le pareció un presumido.

Mientras llegaba el ascensor alcanzó a preguntarle:

—Y tú ¿Sabes quién soy?

—Todo el mundo lo sabe. El cachorro de las prostitutas.

Eso le dolió. Sintió deseos de revancha.

—¿No me ayudas con estas cajas?

—No puedo. Estoy esperando al señor Hidalgo.

Eso le dolió más.

Al momento de subir al ascensor, Rocío le preguntó, casi gritando para que lo escuchara entre tantos ruidos.

—¿Qué llevas en esas cajas?

Desde el interior del ascensor, cuando la puerta se cerraba, Ramiro le contestó a viva voz:

—¡Marihuana!

Rocío pensó: «¡mentiroso engreído!»

Cada uno siguió con lo suyo. Ambos tenían la certeza de que volverían a encontrarse.

CAPÍTULO XI

Los intentos de exterminio de las aves y la vigilia de la profesora

Los comunicados de la Junta eran emitidos todos los días. Todos tenían el mismo formato. Como si hubieran sido grabado en el mismo momento. No se notaba ninguna variación tecnológica en la grabación. La gente había naturalizado la vida con el gobierno de facto de la junta militar. No se registraba la resistencia de otros tiempos. La valentía y la dignidad estaban sumidas en un profundo letargo. Los sindicatos ni siquiera hacían huelgas. Todo habría resultado sencillo para la gestión de los militares golpistas, sino fuera por los pájaros. La paradoja era que los mismos militares los habían introducido como depredadores naturales de las palomas. Eso era lo que todos decían soslayando los misterios que sobrevolaban su presencia. Era más sencillo afirmar que los habían introducido los milicos a preguntarse de dónde venían. Los ornitólogos no los tenían catalogados. Parecían de una especie desconocida. De eso nadie quería hablar. Al menos mientras los tiranos estuvieran administrando el gobierno.

La presencia de los pájaros modificaba la forma de pensar de la gente. De a poco iban olvidando las cosas humanas y los pensamientos se convertían en razonamientos de aves.

Aquella tarde se escuchó el comunicado de la Junta de Gobierno N° 2127 en el que informaba a la población que la Fuerza Aérea realizaría tareas de limpieza en la ciudad. Las tareas de limpieza eran el bombardeo. Pasaron los aviones tirando bombas en la Plaza de Mayo. Destruyeron edificios, reventaron autos y colectivos. Mataron muchos pájaros y personas. En el hotel se rompieron algunos vidrios. La gente desinformada corría por todos lados. En los negocios bajaron las persianas y en las casas se apuraron en cerrar las puertas y las ventanas. Muchos ni se enteraron de que iban a bombardear las calles para matar a los pájaros. Los comunicados solo eran escuchados todos los días por un pequeño porcentaje de la población. No hay registro de la mortandad de ese día, ni de humanos ni de pájaros.

Los gobernantes de facto aprovechaban el combate a los pájaros para bombardear los asilos, los reformatorios, los manicomios. Los dictadores detestaban a los viejos, a los homosexuales, a los enfermos y a los locos. El presidente tenía un hijo con síndrome de Down. Se avergonzaba de ello. Lo ocultaba en un nosocomio. Se preocupó de que estuviera entre los blancos de aquel ataque.

Después del bombardeo sangriento pasaban los recolectores de basura. El trabajo, aunque desagradable, les permitía hacerse de algunas extras con las cosas de valor que encontraban en los muertos. A veces se peleaban entre ellos. Aquel día estuvieron trabajando toda la noche. Continuaron al día siguiente. Los camiones pasaban chorreando sangre de humanos y de pájaros.

Aurelio observaba como cada vez había más tráfico hacia el río.

—Abuelo, ya no tendrán donde tirarlos.

—Queda mucho campo, Aurelio.

—También están aumentando los perros.

—Tendrán que aniquilar también las jaurías.

—Abuelo, ¿Crees que el mundo se arreglará algún día?

—Tal vez. Cuando no existan los humanos.

Aurelio se quedó pensando cómo sería un mundo sin humanos.

Antes de pasar los camiones con pájaros y humanos muertos pasaban vehículos de la municipalidad llevando a los poceros. construían los pozos alineados en la playa del río y sus barrancas. Luego los perros se encargaban de desenterrarlos. El olor era insoportable. Los huesos humanos y restos de pájaros estaban por todas partes, entre los montes, en las calles, en los cursos de aguas servidas. Los perros llevaban algunos a sus casas. Los niños juntaban los picos de los pájaros para hacer collares que vendían en la peatonal Florida. Nadie se preocupaba por ello. Hacía tiempo que habían perdido esa habilidad.

La doctora Ayauca terminó de dar las clases del planeamiento del año y se vino a vivir al hotel El Porvenir. Solo le quedaba asistir a los exámenes. Tenía la esperanza de que Ismael reapareciera. Estaba atenta a los ruidos del piso de arriba. Cada vez que escuchaba algo subía pensando que podía ser Ismael. Aparecieron otros funcionarios. Algunos lo conocían. Le dijeron que lo más probable es que se hubiera ido a su provincia. Todos estaban extrañados de su ausencia.

Las horas de espera se hacían más largas por la ansiedad. Pensó en ir a buscarlo a su provincia, pero luego descartó la idea. Lo mejor era esperar con paciencia. En algún momento tendría que volver. Mientras tanto posaría para el maestro Hidalgo y se entendería corrigiendo los trabajos que le habían quedado de la universidad.

Posar para Hidalgo le resultaba tedioso. Por más que se esforzara en seguida sentía ganas de irse. El profesor Hidalgo le resultaba anodino. No lograba atraerla ni aún desnudo. Su amnesia prevalecía. Se tomaba todo su tiempo. Tardaba siglos en preparar la pintura. Modificaba los ángulos de las luces y las sombras. Pasaba horas buscando la posición perfecta. Luego daba un par de pinceladas y a veces daba por cumplida su tarea.

—Ya he completado la primera capa —decía después de horas en las que la modelo no podía ni respirar.

La profesora estaba inquieta por ver el avance de la pintura, pero el maestro no lo permitía. Sus cuadros terminados estaban en el otro cuarto del piso. Nadie los había visto.

La mayoría de las veces la sesión terminaba de forma abrupta. Hidalgo no soportaba las discusiones. Su talento se alojaba en un ser frágil y escurridizo. Una tras otras las sesiones se suspendían para el día siguiente, incluso para la siguiente semana. Los días que venía Rocío, los jueves y los viernes, pasaban conversando. Hidalgo le enseñaba alguna cosa sobre las pinturas: cómo preparar los colores, cómo limpiar los pinceles, ordenar el estudio. El maestro no quería que los empleados tocaran nada de sus cosas. Se ponía furioso. Luego solo charlaban y escuchaban música. El viejo le contaba sobre las pocas cosas que se acordaba. La joven quería posar, pero Hidalgo pensaba que no debía usar una menor para sus cuadros. Solo la entretenía para que no cayera en manos de Dolores.

Hidalgo terminaba en el bar del hotel después de cada disgusto. Desde allí espiaba quién entraba y quién salía. Utilizaba con habilidad el diario para disimular. Le llamó la cantidad de cajas y maletas que Ramiro subía hacia su cuarto. En una de tantas veces, por ahí pasaba Alicia apurada. Siempre lo descubría y lo saludaba con la mano y con una sonrisa.

Esa era la entrada visible del hotel. Tenía otra por la calle Suipacha. La cara oculta. Nadie sabía que ocultaba esa otra entrada al hotel. Se accedía a un vestíbulo y a una puerta de ascensor que iba directo al séptimo, sin escalas. La calle Suipacha estaba deshabitada. Solo algunas oficinas que trabajaban de diez a diecisiete horas. Nadie observaba quien entraba al hotel. Todas las noches llegaban camionetas Ford y autos Ford Falcon. Hidalgo lo había descubierto observando por la banderola del baño una vez que se subió para repararla. Un pájaro había chocado con el vidrio en una tormenta y lo rompió. El pintor sabía que debía guardar el secreto. La parte de pájaro que le habitaba le decía que debía espiar en el séptimo, el único piso que el ascensor del hotel no se detenía.

Hidalgo descubrió en aquella oportunidad un lugar para espiar quién entraba y quién salía por la calle Suipacha. Todas las noches trasladaba la escalera que utilizaba en sus pinturas al baño. Se preocupaba de asegurarla bien en la bañera. Se subía y miraba por la banderola. No podía anotarlo en los papeles que escribía para ordenar las cosas que en el día se le olvidaban. Lo descubrirían. No tendría escapatoria. Solo le quedaba guardarlo en su memoria de elefante.

CAPÍTULO XII

Las cajas de Ramiro

Llegan noticias no confirmadas de que la población de pájaros está creciendo también en otras ciudades. No se sabe si se trata de la misma especie. Se reportan incidentes de ataques a mascotas y a humanos como sucede en Buenos Aires. La información viene de ciudades importantes como Santiago, Bogotá, Santa Cruz o Rio de Janeiro. Parecen ser indicios de un fenómeno global. Nadie se atreve a confirmarlo. Otros dicen que los pájaros proliferan sin límites en los países donde imperan las dictaduras.

Las calles de Buenos Aires van retomando de a poco la normalidad. Las máquinas limpian de escombros la ciudad y habilitan el acceso a donde los recolectores de basura no habían podido llegar después del bombardeo. Algunos edificios afectados por las bombas tienen que ser desalojados. Levantan carpas por todas partes. Las calles, los puentes y los subtes se llenan de indigentes. En toda la ciudad se percibe un olor nauseabundo por los restos que quedan sin rescatar. La población recibe golpe tras golpe sin reaccionar. La muerte de inocentes no los interpela. Siguen sus normales rutinas como si nada por efectos de la *humanosmia*. Los dictadores también sienten el desgaste. Desean que algo termine con la situación de anomalía que se prolonga. En los muros de la ciudad siguen las mismas leyendas escritas tiempo atrás, cuando los partidos políticos estaban activos. Se percibe la falta de militancia de los sectores de izquierda. Es como si la población estuviese sumida en un letargo, sin capacidad de discernir ni de actuar. La radio y la televisión pública repiten los mismos comunicados de hace tiempo. La gente se pregunta si no lo escucharon antes. No saben si es algo que ya sucedió o está sucediendo.

Solo los pájaros se atreven a llenar los espacios que van quedando vacíos. A pesar de los bombardeos la cantidad de aves no disminuye. Incluso parece que hay más que antes.

El televisor en el cuarto de la profesora Ayauca repite siempre lo mismo. Está prendido pero la académica no lo escucha. Intenta corregir los parciales finales de sus alumnos. Está pendiente de los ruidos del ascensor. Se escuchan los movimientos en los pisos inferiores. Es el tránsito normal de los clientes de las prostitutas. De vez en cuando le llegan los aullidos de la francesa. Entonces tiene que taparse los oídos con la almohada. Las imágenes que le vienen a la cabeza la desesperan.

—¡Qué hija de puta! ¡Cómo grita!

Siente el calor y tiene que refugiarse en la bañera con agua helada. Desde allí ve de nuevo las manchas en el techo y en la pared por las pérdidas en las cañerías del piso de arriba. Nunca vinieron a arreglar esas filtraciones. El color rojizo le recuerda la sangre. Revisa su herida en el cuello, la que le produjeron los pájaros. Está cicatrizada. Lamenta que la sangre no produzca en Hidalgo el mismo efecto que le produce a Ismael. Aquello fue algo tan mágico que no podrá olvidar jamás.

Cada día, Ramiro espera encontrar a Rocío sentada en la escalera, como la encontrara aquel día. Le ha preguntado a su madre si sabe algo de ella.

—Viene a posar para el pintor. Es su protector.

Repara que su madre utiliza una palabra amable para referirse a Hidalgo. Dolores le había llamado "su perro guardián" en forma despectiva. El tono cordial le hace sospechar por enésima vez «¿será mi padre?» Espera que no. No tiene como corroborarlo.

Después de varios días sin ver a Rocío, Ramiro decide preguntarle a Hidalgo. Está donde siempre: detrás de las grandes páginas del diario "El contraste" sentado en una mesa del bar donde puede mirar el tráfico por el ascensor y la entrada del hotel.

—Buenos días, señor Hidalgo.

El pintor lo mira como si no recordara quien es.

—Soy Ramiro, el hijo de Alicia.

—Si, si, Ya lo sé.

Permanecen un instante mirándose el uno al otro. Los dos se preguntan al mismo tiempo: «¿Será mi hijo?», «¿será mi padre?» los dos se convencen de que no, por distintos motivos: «No puede ser mi hijo. No tiene talento» «No puede ser mi padre este viejo degenerado»

Ramiro decide ir al grano:

—¿Qué días viene Rocío?

—¿Qué día es hoy?

—martes.

Hidalgo saca varios papeles de sus bolsillos. Los va dejando sobre la mesa hasta que aparece el que busca: "Rocío viene los jueves y los viernes".

—No, viene los jueves y los viernes.

Desconcertado por los papeles, Ramiro se queda en silencio. Luego pregunta:

—¿Es verdad que posa para usted?

—¿Posar? —Hidalgo parece ofenderse—No. ¿Quién te lo dijo?

—Ella me lo dijo.

—Debe haber sido Dolores. Quería prostituirla. ¡Qué hija de puta!

—Entonces ¿Qué hace con usted?

—Me ayuda con las pinturas. Y a vos ¿Qué te importa?

«¡Qué viejo de mierda!» pensó Ramiro. «Definitivamente no es mi hijo» pensó Hidalgo.

—Entonces no es su modelo.

—¡Ya te dije que no! Mi modelo es la profesora Ayauca.

—¿La profesora Ayauca?

Ramiro apenas recordaba haberla visto.

—Esa vieja renga que anda por ahí...la que usa bastón.

—Pero, ella no es bonita.

—Mis modelos no deben ser hermosas.

Ramiro se fue convencido de que tenía que esperar hasta el jueves para ver a Rocío y de que Hidalgo no era su padre. Cuando va a subir al ascensor se encuentra con la doctora Ayauca que baja. Distraído por la charla con Hidalgo y el recuerdo de Rocío se la lleva por delante.

—¡Epa!

—¡Cuidado!

La mujer cae sentada. Ramiro se enreda con el bastón y también se cae. Las cajas de Ramiro se desparraman en el piso. Una se abre. La doctora puede ver el contenido: un par de plantas.

Hidalgo se acerca a ayudarlos, luego también viene el conserje. Mientras el pintor se ocupa de darle la mano a la doctora para que se levante, Damián le ayuda con las cajas.

Sin decir nada, Ramiro toma las cajas y se sube al ascensor.

—¿Quién es ese chico? —le pregunta la doctora a Hidalgo

—Es Ramiro, el hijo de Alicia.

—Lo encuentro parecido a alguien. ¡Qué tierno! Parece que le gustan las plantas.

«¿Plantas? ¡Marihuana!» pensó Hidalgo «Hace días que acarrea cajas y cajas. Debe tener una plantación formidable»

—Si, es un chico macanudo. Está por empezar la universidad.

—¡Hum! Tal vez lo tenga de alumno.

«Ya le echó el ojo la vieja degenerada»

—Seguro que estudiará algo relacionado con la Botánica.

—Ahora todos quieren estudiar Ornitología por los malditos pájaros.

—La veo mañana, doctora ¿o es jueves?

—Mañana es miércoles, maestro. Estaré temprano.

«Cuando está vestido es más amable que cuando está desnudo»

«¿Adónde irá la vieja?» Luego la reflexión toma un vuelo más profundo «La soledad es tan compleja que reduce todo a la nada»

La filosofía y el hastío no pueden ir a ninguna parte juntos.

—¿Puedo acompañarla? Si salgo solo me pierdo.

La doctora Ayauca se queda pensando. «¿Para qué me puede servir este viejo?»

—¡Vamos! Voy a buscar algo en las tiendas y a ver que dan en el cine. «al menos no tendré que andar hablando sola»

Hidalgo y la doctora Ayauca salen del hotel del brazo, protegidos de la lluvia de mierda con sendos paraguas. Las circunstancias los ha juntado para bien o para mal.

CAPÍTULO XIII

Un mes antes del último eclipse lunar Aurelio encuentra un muerto de cara conocida

La pensión del abuelo solo alcanza para subsistir hasta los primeros diez días del mes. Luego toca sacar fiado, para que el almacenero les cobre lo que se le da la gana. Un círculo vicioso. No se puede salir de ahí. Aurelio es joven para trabajar y trabajo no hay. Desde que gobierna la dictadura la pobreza deja huellas de un gigante.

Aunque el abuelo diga que los pájaros están apestados, Aurelio piensa que se los puede comer. Todos los días pasan camiones del ejército o de la municipalidad a tirar los pájaros muertos a las fosas del río. Aquel día Aurelio se decidió. Iría a buscar unos pájaros. Solo tendría que hervirlos con vinagre hasta que la carne se ablande. Lo había hecho con su abuelo muchas veces. Entonces aún tenían la esperanza de que la dictadura algún día se termine. Decidió ir caminando. Le sería más difícil esconderse si iba en bicicleta en el caso de que aparecieran los milicos. Podría meterse entre los matorrales del monte que rodea a las fincas y allí esperar hasta que se fueran.

Caminó hasta el río luego de que vio pasar a los camiones de regreso. Al llegar a la playa del cauce vio todas las fosas que estaban preparadas para recibir a los pájaros muertos. Los que acababan de traer no estaban tapados. Solo las tapaban cuando estaban llenas. Se acercó a mirar buscando pájaros que se pudieran comer. Solo el hambre le permitía pensar que podía comerse eso bichos hediondos. Se metió en una de las fosas y comenzó a revisar. Tal vez algún pájaro pequeño para que no resultara tan duro. De pronto ve que no solo hay cadáveres de pájaros. También hay restos humanos. Cuando los soldados disparaban no solo mataban a los pájaros sino a todo lo que se interpusiera. Recordó las noticias de los bombardeos. Se sintió asqueado por lo que veía y lo que olía. No se podría comer eso. Era demasiado asqueroso. Luego le llamó la atención que uno de los cadáveres tenía uniforme militar.

Algo le decía que debía escapar de allí. No había sido una buena decisión salir a buscar pájaros muertos para comer. El abuelo ya habría notado su ausencia y lo estaría buscando. La curiosidad pudo más. Quiso ver el rostro de aquel militar. Lo volteó para verle la cara. Una parte parecía picoteada por los pájaros, pero conservaba los rasgos como para que pudiera reconocerlo: bigotes finos y pelo negro y lacio. ¡Era el cadáver del dictador Salvador Villena! El presidente de facto de más de una década. Él mismo que aparecía en la pantalla de la tele. Estaba allí, entre los pájaros muertos. Salió corriendo. Sus piernas se movían más rápido que el alarido. El ruido de los motores le anunció que los camiones venían de nuevo con más cadáveres. Corrió por la playa del río. Se escondió entre los matorrales y esperó que los militares descargaran y se fueran. El pánico lo mantuvo inmóvil y en silencio. Siguió los movimientos de los gendarmes descargando los muertos en las fosas. Se dio cuenta que de que descubrieron que el cadáver de Villena estaba dado vuelta. Miraron hacia todos lados. Uno se subió a la carrocería del camión y giró 360 grados observando con su catalejo. Contuvo la respiración apuntaron en la dirección en la que estaba. Luego los camiones emprendieron el regreso. ¿Lo alcanzaron a ver? Aurelio se quedó con la duda. Regresó caminando a su casa cuando perdió de vista a los camiones. Le dolía todo el cuerpo. El susto le había hecho olvidarse del hambre.

Llegó a su casa. El abuelo miraba la tele. Entre las rayas de la pantalla blanco y negro se distinguía al dictador Salvador Villena leyendo un enésimo comunicado. Un frío recorrió el cuerpo de Aurelio. No podía decirle a su abuelo que había visto el cadáver de la persona que salía en la tele. ¿Por qué no daban la noticia de que había fallecido?

El mal olor viene del río cuando el viento corre desde el sur. Es el olor de los cadáveres de las aves y de las personas. Aurelio ha descubierto el cadáver del dictador Villena entre los pájaros. está preocupado. Teme que lo hayan visto en las fosas. Los gendarmes vendrán a buscarlo. No pueden dejar testigos. Alguien ha descubierto su secreto. Vieron el cadáver dado vuelta. No les será difícil encontrarlo. La casa no se ve desde la calle, está semioculta detrás de la loma. Sin embargo, se ve la entrada y la tranquera. Es el primer lugar que revisarán.

A medida que pasan las horas Aurelio se pone más nervioso. Si vienen los gendarmes a buscarlo su ansiedad lo delatará. Se convence de que tiene que escapar. Será mejor dormir en los matorrales que en su casa. Elabora un plan. Esperará a que el abuelo se duerma. Luego escapará en bicicleta. En media hora podrá llegar hasta la iglesia. Sabe que el padre Castillo ha ocultado a personas que los milicos buscaban. El cura es listo para engañar a los represores. El contar con un plan le tranquiliza. Solo tiene que esperar hasta la noche y rogar que no vengan antes. Si ve luces de vehículos se esconderá en las acequias con su bicicleta.

CAPÍTULO XIV

El refugio de Aurelio en el hotel El Porvenir

Hace tiempo que no se utiliza el edificio del congreso. La dictadura no necesita sesiones de parlamentarios. Desde que se instaló la dictadura militar no ha tenido mantenimiento. La pintura se ha descascarado. Las ventanas están rotas. Han entrado los pájaros y se han instalado en la sala de sesiones. El olor es insoportable. Hay huevos en los asientos de los congresales. Hasta han construido sus nidos de palos, trapos y mugres. Hay excremento por todos lados. El bullicio es infernal. De vez en cuando entran las fuerzas del orden y los matan. Los basureros rescatan los cuerpos. Limpian y desinfectan. Al poco tiempo está lleno de nuevo.

A la doctora Ayauca también le intrigaba lo que sucedía en el séptimo. Las habitaciones estaban justo debajo de su piso. A veces escuchaba ruidos extraños. Parecía que arrastraban cosas o acomodaban muebles.

—¡Mi dios! ¿Siempre están acomodando algo? ¿Nunca terminan?

También oía golpes en la pared. Se sentían más claros en el baño.

—¿Les gusta golpear la pared cuando se bañan?

A veces sonaba una música. Lo extraño era que los sonidos parecían venir de lejos.

—¿Estarán en una fiesta?

Cuando le preguntó al conserje le respondió que esas habitaciones no pertenecían al dueño del hotel, que eran de otro propietario. Le explicaron que por eso la entrada era independiente.

La profesora se asomó a las escaleras para ver si se podía acceder al séptimo. El ingreso estaba vedado desde el interior del hotel. Las escaleras daban a puertas cerradas. El único ascensor habilitado del hotel no se detenía en el séptimo piso.

—¿Usted sabe que sucede en el séptimo? —le pregunta la profesora en el cine.

Ante la falta de respuesta lo mira y ve que está dormido.

—¡Puta madre! La película es aburrida y el viejo se duerme.

La doctora Ayauca se arrepiente de haber traído al viejo al cine. Las butacas son incómodas. Se levanta para irse. Luego se arrepiente. No puede dejar a Hidalgo ahí. Tal vez no sepa como volver.

—¡Señor Hidalgo! ¡Señor Hidalgo! —procura despertarlo.

El señor Hidalgo abre los ojos grandes. No sabe dónde está ni con quien. Comienza a sacar papeles de sus bolsillos. Se tranquiliza cuando descubre que aquella mujer no es su esposa. Una de sus tarjetas dice "Hidalgo Horabuena, pintor de cuadros y fotógrafo, soltero".

El pintor Hidalgo sale del cine con la profesora Ayauca del brazo. Cuando alguien no recuerda, lo mejor es mantener el silencio.

Afuera arrecia la lluvia implacable. Choques de paraguas en las apretadas veredas. Al fin llegan al hotel. Hidalgo abre la puerta para permitir que entre la profesora. Un chico viene corriendo desesperado. Al ver la puerta abierta se mete y va a parar a la antesala del hotel entre los paraguas.

—¿Qué pasa? —pregunta Hidalgo.

—¡Los gendarmes! ¡me quieren matar!

La profesora Ayauca ve que el conserje no está en la recepción. Actúa con rapidez:

—¡Hidalgo! ¡Rápido al ascensor!

Sin salir del asombro, Hidalgo lo agarra de un brazo y lo mete en el ascensor. La profesora cierra rápido la puerta para que pueda escapar justo en el momento que el conserje regresa del baño.

—Profesora.

—Damián, ¿Cómo estás?

—Su llave.

—Gracias, Damián. Dame también la llave de Hidalgo. Subió sin tomarla. Este viejo se olvida de todo.

Damián la mira y sonríe. Le encanta ser cómplice de sus aventuras. Se la entrega.

—¿Todo bien, profesora? ¿No está yendo un poco rápido?

—Imposible. Hidalgo no recuerda nada.

La doctora Ayauca marca el octavo. El ascensor se detiene en el cuarto. Allí está esperando Ramiro. «¿Qué hace este chico acá?». Se pregunta la profesora. Su cerebro busca las explicaciones posibles «Tendría que estar en la universidad». Luego piensa: «Seguro que anda detrás de esa chinita: Rocío». Entonces le pareció normal. Una sonrisa interna ilumina su rostro: «Yo también he descuidado mis clases por Ismael».

—¿Baja?

—No, voy al octavo.

—Espero entonces.

La profesora se inquieta. Sospecha que Ramiro ha visto pasar a Hidalgo con el chico. Más tarde baja hasta la habitación del pintor.

—¿Qué hiciste con el chico?

—Está en la habitación de los cuadros. Allí no lo encontrarán.

—Creo que Ramiro te vio. Estaba en el cuarto esperando el ascensor.

—¡Pendejo de mierda! ¡Ya me tiene cansado! ¡Siempre se entromete!

—Pudiste sacarle algo al chico.

—Se llama Aurelio Bustamante. Lo buscan porque descubrió el cadáver de Salvador Villena en las fosas de los pájaros en las barrancas del río.

Hidalgo se sienta e invita a la profesora a sentarse.

—¿Dices que el dictador está muerto?

—Es lo que dice el chico.

—¿Por qué no han dado la noticia?

—Tienen miedo de que los rebeldes se enteren. No quieren mostrar debilidad.

La profesora amaga sacar un cigarrillo. Se detiene al ver la cara de Hidalgo.

—¿Tienes algo para beber?

—¿Agua o algo más fuerte?

—No me digas que solo bebes agua, viejo maricón.

Hidalgo regresa con una botella de whisky y dos vasos.

—Tiene la lengua larga, doctora Ayauca.

—Según las circunstancias.

Ambos beben mientras atan cabos. Eligen las palabras. La rapidez de la reacción de la profesora ha sorprendido a Hidalgo. Ninguno termina de confiarse del otro.

—¿En qué está metido, Hidalgo? No me creo lo de su amnesia.

—¿Y usted? ¿Por qué protegió tan rápido al chico?

—Si lo agarran los gendarmes lo matan. Si lo descubren los empleados del hotel lo entregan.

—Eso está claro.

—No tiene pinta de pertenecer a la Juventud Rebelde.

—Eso está claro también. Vio algo que no tenía que ver.

—¿Cómo es que sabes todo eso sin ayudarte con los papelitos?

—Hay cosas de las que no me acuerdo de olvidarme.

—Ja, ja. Debes esmerarte un poco. Cualquiera se da cuenta que simulas no acordarte de nada.

—Creo que deberías ir a tu habitación. Es posible que los gendarmes revisen el hotel.

—¿Te molesta que crean que somos amantes? Ya nos vieron juntos.

—Callate, vieja lengua. Esos no se andan con reparos. Primero te matan y después preguntan.

—¿Qué haremos con la información que te dio el chico?

—Eso déjamelo a mí.

—¿Vas a pintarlo en un cuadro? ¿O eso también es un cuento?

—¡Déjate de bromas y de sarcasmos! Estamos en un aprieto. Lo que más te conviene es convencerte de que no ha pasado nada.

—Solo me preocupa que encuentren al chico.

—No lo encontrarán.

CAPÍTULO XV

Las aves de la venganza

El general Salvador Villena es la cara visible de la dictadura. Es el rostro que aparece en las pantallas de la tele. Es su voz la que se escucha en los comunicados. Pelo negro lacio, prolijos bigotes, unos ojos pequeños huidizos, parece que habla trastabillando. Todos se han acostumbrado a él. La mayor parte de la población se ha habituado a sobrevivir en la pobreza. Allí también se puede encontrar la felicidad. El mundo se extiende hasta los muros que lo confinan. Todo sucede allí dentro. La gente se acostumbra a los dolores y a la miseria. Tienen que encontrarle sentido a la vida inmersos en la precariedad.

No es Salvador Villena quien gobierna. No es tampoco la junta de comandantes ni los encumbrados que ocupan los cargos importantes del Estado. Ellos solo administran. Son empleados de los poderosos, los que nunca dan la cara.

El dictador vive en la residencia de Olivos. Tuvieron que amurallarla para proteger al tirano. Los rebeldes extienden sus redes en las ciudades y constituyen una amenaza. Se refugian en el interior. No pueden encontrar sus escondites. Salvador Villena vive a sus anchas en la quinta. Su familia de tradición católica, en una casa. Las prostitutas en otra. Grandes espacios verdes para que pueda practicar su deporte favorito: la equitación. Un polígono para que practique tiro. La granja, la chacra. Su vida es un eterno esparcimiento. Ni siquiera se entera de las noticias. Solo lo molestan para firmar los papeles y para grabar algún comunicado. Un ejército de guardias en distintas capas cuida que al presidente de facto no le pase nada.

Todo marchaba según los cálculos. Hasta que llegaron los pájaros.

—No salga de la residencia, general. Hay demasiados pájaros. Son peligrosos.

Imposible impedirle sus deportes ecuestres. No vaya a ser que se enoje y no quiera firmar algo. Siempre firma sin mirar. No le importa. El personal del servicio de seguridad tiene que velar por que siempre esté de buen humor. Nadie podrá prohibirle que recorra la granja y la chacra. Menos aún que cabalgue.

Los guardias se preocupan cada día de espantar a los pájaros. Cada vez aparecen más y han aprendido a sortear las trampas. Venenos y escopetazos. Nada los detiene. De vez en cuando matan a algún animal de la granja. Se atreven a picotear a las vacas. Los perros les temen.

Aquel día todo estaba despejado. El presidente podía practicar equitación y luego darse un baño en la piscina, como todas las tardes de aquel verano apesadumbrado por la humedad, el calor y las lluvias. Los pájaros habían evolucionado. Si alguien los hubiese estudiado habría concluido que era una evolución convergente. Sus hábitos eran similares a los lobos. Cazaban en manada. Su desafío no eran los animales de la granja. Estaban detrás del animal más poderoso. El ícono de la dictadura. Si alguien los hubiera visto de cerca habría llegado a la conclusión de que no eran animales de este mundo. A nadie se le ocurrió estudiar su ADN. Ni siquiera a los entusiasmados estudiantes de ornitología que estaban de moda.

Aquel día se escondieron en lugares estratégicos y esperaron con la paciencia de los felinos. Dejaron que el presidente se confiara. Después de practicar el sobrepaso un buen rato y disfrutarlo, soltó el galope en el callejón. Fue entonces cuando el ave planeó y se largó en picada hacia el jinete para darle un picotazo certero en el cuello. Salvador Villena cayó como una bolsa de papas del caballo, tomándose el cuello y dando gigantescos alaridos. Se sintieron crujir los huesos cuando cayó. El caballo huyó despavorido. De inmediato sobrevolaron otros pájaros que picotearon el rostro y el cuerpo del general caído.

Un guardia fue testigo del asesinato. Solo se animó a acercarse cuando los pájaros se fueron. Su cuerpo se encogió de espanto cuando vio el rostro picoteado, las tripas sobresaliendo al uniforme y un charco de sangre.

Solo atino por correr y a gritar cientos de veces hasta llegar a las casas:

—¡Han matado al general!

En el té de las cinco no estará el general. Tendrán que servir sólo para sus familiares. Tampoco podrá compartir el episodio de la novela que ve todas las tardes con su familia. Ni el vermut de las 20. Las prostitutas se aburrirán esta noche, o tal vez no.

Los comandantes van llegando a Olivos. No vienen para una reunión con el presidente como dijeron en los medios. Vienen a corroborar lo que han escuchado. Los pájaros asesinaron al general. Tienen que resolver un asunto importante: Quién será su reemplazo. Se juntan en la sala de reuniones. No se verá bien que la población se entere de que los pájaros mataron al presidente. No deben sospechar la vulnerabilidad del gobierno de facto. Nadie debe enterarse. Tienen comunicados grabados para las diferentes situaciones que se presenten. Todo seguirá bien si nadie se entera.

Más tarde entran a la residencia de Olivos los camiones del ejército. Se lleva el cadáver del presidente escondido entre los cadáveres de los pájaros que mataron los guardias. La familia del presidente seguirá viviendo en Olivos. Las prostitutas no tienen por qué enterarse. Solo le informarán que no necesitan de sus servicios y se imaginarán que las reemplazaron por otras. Al señor presidente le gustaba elegir a las jovencitas y en el staff había varias veteranas. Estarán atentos con el personal de limpieza, cocineros y mozos. Quitarán del medio a todo aquel que vean temblar. Nada tiene que salir de la residencia. La etapa de la negación a pleno.

CAPÍTULO XVI

El escape de Aurelio

¿Cómo llegó Aurelio al hotel? Eso se preguntó Hidalgo.

—¿Cómo llegaste hasta aquí?

—Quise refugiarme en la iglesia del pueblo. Parece que me estaban esperando.

—¿Cómo supieron que eras quien encontró el cadáver?

—Me deben haber visto.

—¿Cómo supieron que irías a la iglesia?

—No lo sé. Tal vez el cura les dijo.

—¿Y luego qué?

—Me golpearon. Me subieron a un auto. Creo que perdí el conocimiento.

—¿Y después?

—No sé. El auto dio un barquinazo. Gritaron. Me desperté y vi que estaban distraídos con el choque. Estaba tirado en la parte de atrás del auto. Ellos iban adelante. Se lastimaron con los vidrios. Se insultaban entre ellos. Abrí la puerta y salí corriendo.

—¿Te siguieron?

—Creo que sí. Uno grito: «¡Se escapa!» Me pareció sentir que corrían detrás de mí.

Luego de charlar con el muchacho reconstruyó la historia. Un simple bosquejo.

Aurelio salió a la noche en bicicleta procurando llegar hasta la iglesia. El padre Castillo ayuda a los pobres. Los indigentes se acercan en busca de comida. Tiene una cocina grande y dos cocineras que preparan comida y luego la reparten. Aurelio fue algunas veces a comer allí. Conoce al cura, supone que le dará refugio.

Los gendarmes lo sorprenden antes de entrar a la iglesia ¿lo estaban esperando? Nunca se sabe. No imagina al cura como un informante. Sin embargo, es extraño que pueda repartir comida sin que los gendarmes lo hostiguen.

Después de golpearlo lo cargan en el asiento de atrás de un Ford Falcon que acompaña a los unimog que usan de transporte de los pájaros muertos. El muchacho no representa una amenaza para los secuestradores. Está adolorido y semi inconsciente. No tiene fuerzas. No escapará. No se toman la molestia de atarlo ni amordazarlo.

El tránsito se torna dificultoso por los pájaros. Se aparecen de improviso. Generan numerosos accidentes.

Están cerca del destino: el hotel El porvenir. ¿Por qué lo llevan allí? La misteriosa entrada por la calle Suipacha, la que lleva al séptimo sin pasar por la entrada del hotel.

Una de las aves rapaces se cruza de improviso a tres cuadras del hotel. La sombra del pájaro en el parabrisa asusta y descontrola al chofer.

Da un volantazo y se termina incrustando en la vidriera de un negocio. El estruendo despabila a Aurelio. Cuando hay peligro de muerte, el cuerpo saca fuerzas para evitarlo. Abre la puerta trasera y sale corriendo. Pasa frente al hotel. Cuando ve que abren la puerta decide aprovechar la oportunidad y se mete al hotel. Hidalgo lo esconde en la pieza de los cuadros.

—Hay una cama oculta detrás de esos cuadros. Allí te puedes acostar. Te traeré comida. Esa puerta da al baño. Trata de no hacer ruidos.

—Gracias señor.

—Puedes llamarme Horabuena.

—¿Horabuena? ¿Ese es su nombre?

—Si, ¿qué tiene?

—No, nada. Es raro.

Luego de beber y comer un poco de queso y fruta, Aurelio se acuesta en la cama oculta. Hidalgo espera que los gendarmes no entren al hotel. El escondite es precario. No solo puede ser el fin de Aurelio sino también el suyo. Se movió con rapidez para llevarlo al cuarto de los cuadros. Solo tiene un temor: que Ramiro lo haya visto.

El pintor Hidalgo no regresa a su cuarto. Son las primeras horas de la mañana del miércoles. A las diez la doctora Ayauca estará tocando su puerta. Tiene que moverse con rapidez y discreción. A esas horas las calles están vacías. No es seguro para la gente del común andar por la noche. Es el tiempo que eligen los milicos para sus redadas. Paran a todos los que andan por la calle. Si no tienen documento se los llevan. La escenografía urbana del terror.

Hidalgo camina acercándose lo más posible a la pared. Es la

forma de invisibilizarse. No parece un hombre viejo. Ha dejado de lado la multitud de papeles recordatorios que usa cuando la gente lo está mirando. Avanza cuadras tras cuadra. No hay señas de gendarmes. Tiene que evitar cruzar los accesos que van a la entrada del hotel por la calle Suipacha. Allí siempre hay milicos. Un largo pasillo, una puerta simulada detrás de una persiana. Por allí se pierde.

Nadie vio salir ni entrar al maestro Hidalgo al hotel El Porvenir la madrugada de aquel miércoles. A las diez de la mañana, puntual, recibió a la doctora Ayauca.

La doctora Ayauca comenzaba a sentir aprecio por aquel pintor demente y amnésico. Los unía la aventura de proteger a aquel muchacho desconocido. También había despertado su curiosidad. Hidalgo no era lo que todos creían. Le interesaba conocerlo mejor. La noche anterior le había costado dormirse. «Yo me encargo» las palabras de Hidalgo que habían quedado grabadas en su mente. «¿Quién será en realidad este personaje?» «¿Estará involucrado con el movimiento de los rebeldes?» pensaba sin utilizar el término subversivo que habían acuñado la dictadura a los opositores.

Hidalgo la hizo pasar y comenzaron el ritual de la pintura.

—¿Cómo le fue con el muchacho?

El viejo contestó con un largo silencio. Suficiente para que entendiera que no debían hablar de eso. Sin embargo, sentía la comezón de la curiosidad.

—Por suerte no entraron los gendarmes.

—Este hotel no es lo que parece, doctora. No sé qué carajos hace usted acá.

—Me trajo Ismael, el del noveno. Ahora se fue.

Hidalgo no entiende las razones de Ayauca. No comprende cuál puede ser la relación con un funcionario del noveno. Tampoco le interesa demasiado. No quiere hablar. Sabe que hablar es un peligro.

CAPÍTULO XVII

Las hermanas Arena se alojan en el sexto piso

A las diez de la mañana de aquel miércoles Damián se encuentra con dos mujeres sesentonas esperando en la recepción. El conserje ya las conoce. Son las hermanas Arena. Muy parecidas, aunque no son gemelas. Una de ellas habla más que la otra. Damián sospecha que son parientas de Hidalgo, que vienen casi todos los meses a comprar telas e hilos. Sin embargo, cuando se cruzan con el pintor no se saludan. «No sé de dónde se me ocurrió eso». Pensó el conserje sospechando que su intuición le había fallado.

—¿Cómo les va, señoras Arena? ¿La misma habitación de siempre?

—Si, la del sexto. Hacia el interior. No queremos ruidos.

—¿Cuántos días se quedarán?

—Como siempre, un par de días. Luego veremos si hace falta alguno más.

—¿Andarán de compras?

—Si, de compras.

La novedad es que ahora las dos mujeres han venido con un joven en una silla de ruedas. Damián no alcanza a ver el rostro del muchacho, aunque se esfuerza para hacerlo.

Una de las mujeres le explica al notar la curiosidad en su rostro.

—Es nuestro sobrino Bastián. Tiene que operarse de la columna. Está sedado porque los dolores son insoportables.

—Pobrecito.

—Lo hemos traído para que inicie un tratamiento. Lo operarán en mayo.

—Tendremos que agregar una cama a la habitación. Solo hay una cama matrimonial.

—No se preocupe. Hoy lo llevaremos a la clínica. En un rato. Apenas nos acomodemos. No necesitaremos otra cama.

El conserje se queda pensando «No se porque me sigue pareciendo que tienen algo que ver con el pintor».

Una de las hermanas sube al cuarto en el sexto con el muchacho en la silla de ruedas. La otra se queda esperando en la recepción. La señora Arena deja al sobrino en su habitación y baja al quinto por la escalera. Se detiene en el cuarto de Hidalgo y golpea la puerta.

El maestro está en plena sesión de pintura con la doctora Ayauca. Siempre se enfada cuando lo interrumpen. Esta vez se apresura a responder al llamado de la puerta. Se coloca la bata y sale.

La doctora Ayauca alcanza a escuchar.

—Vamos, ¡Rápido!

No entiende lo que pasa, pero aprovecha para salir al pasillo envuelta en la bata con la intención de prender un cigarrillo y dar unas pitadas. Es la forma que tiene de combatir la ansiedad que le produce posar largas horas para el maestro Hidalgo.

Cuando sale del cuarto ve que una mujer y el maestro se meten en el cuarto de los cuadros. Luego salen con Aurelio. El pintor regresa, Aurelio sube con la señora Arena al sexto piso.

—¿Adónde lo llevan? —pregunta Ayauca.

—¿Para qué quiere saberlo?

—Solo por curiosidad.

—Mejor si no lo sabe. ¿Alguna vez estuvo en una sesión de tortura?

—No, no.

—Yo sí. Le aseguro que no tardará en decirles todo lo que le pregunten.

Ayauca apaga el cigarrillo. Ahora está convencida de que Hidalgo no es lo que simula ser. También se da cuenta de que no debe preguntarle nada. No podrán sacarle lo que no sabe si llegan a apresarla.

Una de las Arena, la más alta y joven, lleva al joven Aurelio a su cuarto.

—Aurelio, quítate la ropa.

Aurelio se saca la ropa mientras la mujer desviste al muñeco inflable que ha traído en la silla de ruedas. En pocos minutos baja a la planta baja con Aurelio en la silla de ruedas. En la puerta espera un taxi. La mujer se va con el muchacho. La otra hermana, la mayor, sube al sexto.

Las hermanas Arena sacaron a Aurelio del hotel a la vista de todos. A nadie le resultó extraño. Creyeron que era la misma persona que había entrado.

—Esto puede servirle—le dijo Hidalgo a la doctora al terminar la sesión del miércoles, pasadas la dos de la tarde.

—¿Qué es?

El maestro Horabuena nunca sonríe. Es algo que también ha olvidado, pero no ha perdido el sentido del humor.

—Solo tendrá que tomarse el trabajo de inflarlo. Parece real. Guárdelo en su habitación. Puede servirle para que la espera no le resulte tan larga.

En otro momento tal vez se hubiera enfadado. «¿Qué se cree este viejo degenerado?» Ahora no pudo contener la risa.

—Parece mejor dotado que usted, maestro. Ja, ja, ja.

La doctora Ayauca se llevó al muñeco inflable a su cuarto al terminar la sesión de pintura.

Hidalgo se queda en el bar después del almuerzo. Es el mejor lugar para enterarse de los movimientos del Hotel. Toma el diario mientras bebe sorbo a sorbo un té de manzanilla. Alguien le dijo que era bueno para la memoria. No recuerda si para recordar o para olvidar. La primera en entrar al hotel es la señora Arena, la que salió con Aurelio en silla de ruedas. Regresa sola. No necesita buscar su llave. Su hermana está en el sexto que arrendaron. Mira de reojo hacia donde está Hidalgo. Intercambian una mueca imperceptible. El pintor la ve sin bajar el diario que lo esconde. Ruidos de ascensor. La señora Arena sube a su cuarto mientras Damián bosteza. Poco después llegan dos desconocidos. Hidalgo parece inquietarse. Dos personas de pelo corto, vestidos de civil. La policía secreta. Alguien avisó que Aurelio entró al hotel. «Debe haber sido Ramiro, ¡pendejo de mierda! ¡Me vio subir!» luego pensó en las plantas de marihuana. «No puede haber sido Ramiro, no le conviene que entren los milicos, descubrirán sus plantas» Hidalgo no sabe que pensar «Nadie más nos vio, ¿o sí?»

Hay gente que todavía está almorzando. Los ruidos de los cubiertos y las voces impiden que Hidalgo escuche lo que los hombres hablan con Damián. Luego ve que los recién llegados junto con el conserje toman el ascensor. Entonces Hidalgo se apresura a tomar el teléfono de la conserjería para llamar a las hermanas Arena.

—Están subiendo policías de civil con Damián.

Cuando cuelga el teléfono observa que el ascensor se ha detenido en el sexto. Han ido directo a la habitación de las hermanas Arena. Es evidente que alguien dio el aviso.

Hidalgo vuelve a su diario. Los mozos terminan de limpiar las mesas de los últimos comensales. Esperará un rato para ver qué pasa. Le preocupa lo que pueda sucederles a las hermanas Arenas. Tal vez la siguieron cuando salió con Aurelio.

El pintor debe esperar sin intervenir. Cualquier intento se verá como sospechoso. Comenzarán a interrogarlo a él también. No conoce cuánto saben los policías.

Hidalgo ve que las mujeres se asoman por la escalera tratando de no ser vistas. Quedan dos mozos en el bar, terminando con las tareas de limpieza. El pintor tiene que distraerlos para que no las vean salir. Hay una jarra de agua sobre su mesa. Se levanta en forma aparatosa, como si estuviera mareado, y tira la jarra. La jarra se rompe en el piso. Esto atrae a los mozos. Es lo que las hermanas Arena necesitan para salir del hotel sin testigos. Han dejado su llave en el llavero. Hidalgo se disculpa varias veces por su torpeza.

Cuando están terminando de recoger los vidrios el ascensor se detiene en el primer piso. Los policías y Damián están de vuelta. Damián le pregunta a Hidalgo:

—¿Han visto salir a las hermanas Arenas?

«¡Maldito! ¡Tu fuiste el bocón!» piensa el pintor.

—¿Qué dices?

—Las hermanas Arena. Su cuarto está cerrado. ¿Las vieron salir?

—Nadie salió. No vi a nadie.

Damián nota que la llave de la habitación de las mujeres está colgada en el llavero.

—¡No puede ser! Si no estaban. ¿En qué momento la pusieron?

Ahora Hidalgo sabe que Damián es quien avisa a los milicos de lo que pasa en el hotel. Tienen todo controlado. Al menos eso creen.

Algo no le cierra al conserje. Repasa los hechos. Los milicos no tienen la paciencia para seguirlo. Se retiran sin despedirse de Damián, acentuando el desprecio por su sexo indefinido.

Hidalgo se siente aliviado. Estuvieron muy cerca de llevarse a las hermanas Arena. Hubiese sido una pérdida muy grande. La probabilidad de sobrevivir a las detenciones era muy baja, más aún para las mujeres. Habrían terminado encontrando a Aurelio.

El pintor se levanta mirando para todos lados como si no supiera dónde está. Tiene que ser muy cuidadoso. No debe olvidarse que no recuerda nada.

CAPÍTULO XVIII

Las sospechas de Ramiro

Desde la irrupción de los pájaros han aumentado las enfermedades respiratorias y afecciones a la piel en la población. Se estima que se deben al contacto con las bacterias y los hongos de las heces de las aves. La gente también siente la picazón de los piojillos esparcidos por todas partes. Las personas afectadas se amontonan en los pasillos de los hospitales, en las clínicas, en las salitas de los barrios. No hay suficiente personal para atenderlos a todos. La salud de la población ha sido descuidada por el gobierno de la dictadura.

Los pájaros también se han instalado en los barrios residenciales de la gente rica. Nadie se salva. Parece que han venido para quedarse. Hay cuadrillas que se encargan de limpiar cada día. Matan a todos los que pueden. Cada vez aparecen más. Han aprendido a eludir los ataques y esconderse. Atacan de sorpresa y en forma coordinada.

Rocío tenía una historia distinta a las que Ramiro conocía sobre las mujeres. El joven había interactuado con las compañeras del colegio, las compañeras de trabajo de su madre y con su tía. Rocío venía de una villa. Su presencia en el hotel era extraña. Estaba allí solo por las extravagancias y las amnesias de Hidalgo.

Ramiro bajó temprano el jueves esperando encontrar a Rocío en la escalera. Luego de revisar y no encontrarla, Damián le dijo que había subido temprano al quinto.

Hidalgo se enfurece cuando lo interrumpen. Alguien ha tocado la puerta mientras él está realizando su trabajo. Se distrae el pintor, se distrae la modelo. «¿Quién es el imbécil que toca la puerta? ¿No ha visto el cartel que dice "No molestar"?» Por suerte está Rocío, la única vestida.

—¿Puedes ir a ver quién es el imbécil que ha tocado a la puerta? Dile que no puedo atender a nadie. Estoy trabajando.

Rocío se encuentra con Ramiro en la puerta.

—¿Qué haces aquí?

—Quiero mostrarte mi cuarto.

—¿No viste el cartel que dice no molestar? El maestro Hidalgo está trabajando.

—Dile que regresas en un momento.

—¿Estás loco? Estoy en horario de trabajo.

—Y ¿a qué hora te desocupas?

—No lo sé.

Ramiro intenta espiar hacia el interior de la habitación del pintor. Le intriga lo que pasa allí adentro. Solo puede mirar por el espacio que le deja la puerta entreabierta, sobre el hombro de Rocío. Hay reflejos de luces y una música clásica suave. La chica se esfuerza para convencerlo de que se vaya.

—¿Qué miras?

El muchacho alcanza a ver a Hidalgo recargando pintura. Se queda con la boca abierta.

—Pero ¡Está desnudo!

—El profesor siempre pinta desnudo.

—¿Y tú estás ahí con ese viejo desnudo?

—Pero yo estoy vestida ¿O eres ciego?

—¿Cómo puedes estar ahí con el pintor denudo? ¡Es un degenerado!

—¿Y a vos qué te importa?

El muchacho no puede ordenar sus pensamientos. Rocío le cierra la puerta. Hidalgo comenzaba a fastidiarse. El joven estaba levantando la voz y lo desconcentraba.

Ramiro regresa abatido a su cuarto. Se imagina múltiples escenas en el taller del pintor. Su odio hacia Hidalgo cobra fuerzas. Rocío cada vez le atrae más. No puede aceptar que se resista a sus proposiciones. Tendrá que esmerarse un poco. No es como las otras chicas. «¿Qué le habrá visto al viejo ese?» No podía pensar que la relación no incluía erotismo y encuentros sexuales.

El joven procura distraerse con las tareas del día. Riega las plantas, acomoda las luces. Contemplar el crecimiento de las hojas y ramas, percibir su aroma, le hace olvidar por un momento la escena de Rocío en la habitación del pintor desnudo. Sueña con las plantas adultas invadiendo el espacio del baño y la habitación. «Pronto será una selva» Revisa una a una para descubrir cuales son las hembras y cuáles son los machos. «Los machos no sirven para nada, hay que eliminarlos para que no afecten a la cosecha» repetirá como cualquier improvisada feminista. Se entretiene revisando los manuales de cultivo. Los pensamientos alternan con la escena del taller del profesor. Se imagina escenas eróticas entre los protagonistas de las pinturas. Rocío está entre Hidalgo y la doctora Ayauca, todos desnudos. Luego le asalta la duda. ¿Está la doctora Ayauca o el profesor está solo con Rocío? «Rocío viene los jueves y los viernes» repica en su mente. Su imaginación le permite recostarse en la fértil experiencia de su contacto cercano con las prostitutas. Siente calor. Sus nervios se tensan. Emociones desconocidas golpean a su puerta. Repasa la lista de lo que aún tiene que comprar para sus plantas. Luces, tutores y fumigadores. Saldrá a comprar. Quiere borrar las escenas eróticas que le atormentan. Solo tiene un par de días para cuidar sus plantas. Luego tendrá que seguir con las tareas de la universidad. No le va tan bien como lo suponía. No se acostumbró al cambio de ritmo con respecto al secundario. Le han quedado parciales para recuperar.

CAPÍTULO XIX

El regreso del funcionario

¿Cuál es la razón de la presencia del pintor Hidalgo en el Hotel El Porvenir? ¿Quién conoce la historia? El maestro estaba allí para descifrar lo que está pasando en el séptimo piso. ¿Quién es el profesor Hidalgo? Esos eran los pensamientos que pasaban por la cabeza de la profesora Ayauca mientras compartía el almuerzo en el hotel.

El profesor se quedaba perdido detrás de las grandes hojas del matutino. Parecía estar desconectado del mundo. La conversación de la profesora Ayauca se transformaba en un monólogo.

—¿Cómo va su investigación profesor? ¿Qué pasa en el séptimo piso?

El profesor baja el diario para sopar el pan en la salsa o llevarse un bocado de fideos a la boca luego de enrollarlo con cuidado en el tenedor. Se acerca al plato para no ensuciarse. Luego se esconde de nuevo detrás del periódico. No responde. Solo la mira con una mirada indefinida.

—Debe ser informante de los rebeldes. Eso es. Tiene toda la pinta —continúa conjeturando la profesora.

La mirada inexpresiva es lo que utiliza para pasar desapercibido. No se le escapa detalle de lo que sucede a su alrededor. Parece estar esperando algo. Alguna señal. Registra quién entra y quien sale del hotel.

—Yo no me creo eso de que se olvida de todo, profesor.

Ahora tiene un dato importante. Ya se ha encargado de informar. El dictador Villena está muerto. Hace tiempo que está muerto, pero siguen pasando los comunicados con su imagen como si estuviera vivo. ¿Cómo reaccionaría la sociedad si lo supiera? ¿Por qué lo esconden?

—Yo vine a este hotel por Ismael —confiesa la doctora sin que Hidalgo se interese en lo que dice —Se escapó. No conseguí retenerlo. Ya lo ve, profesor. Mis motivos son más mundanos.

La compañía de Hidalgo le agrada. Lo admira. Intuye que es un personaje de leyenda, un revolucionario. Aprecia su compañía a pesar de sus extravagancias. Exigua esperanza de escapar a su crónica soledad. Soporta su mirada perdida que parece estar preguntando: «¿Qué estamos haciendo aquí? ¿Quién eres tú?» Espera que en un momento a otro comience a revisar los bolsillos y después de recorrerlos a todos saque un papelito arrugado que diga: «Almuerzo con la doctora Ayauca» Entonces le dirá alguna frase con su nombre hasta que se olvide de nuevo.

—Podríamos ir de paseo al Delta —sugiere la profesora sin esperar respuesta.

—¿Al Tigre? ¡Qué buena idea! —se entusiasma Hidalgo.

—Un picnic en el Delta…

La profesora Ayauca se da vuelta para ver qué ha llamado la atención del maestro. Las hermanas Arena han entrado al hotel.

Hidalgo espera una señal para dar comienzo a su plan. La señal le llega. Ha esperado en el bar del hotel, detrás del periódico, largas horas. La señal llega vestida de anciana. Están allí otra vez las hermanas Arena. Damián las recibe con cara de poco amigo. Hay algo que no ha podido digerir. Están otra vez allí. Damián sabe que sacaron a un joven del hotel en sus narices, se rieron de él y lo hicieron quedar como un imbécil ante los milicos. Algo que puede costarle la vida o al menos una paliza. Sabe cómo se las gastan. Le asombra el coraje de las viejas. ¿No temen que los militares las torturen hasta matarlas? ¿De qué están hechas? También sospecha de Hidalgo. No sabe a qué juega el viejo. No se traga lo de su amnesia.

Las hermanas Arenas piden la llave y se van a su cuarto en el piso sexto. Llevan bolsos atestados de hilos y telas. Se dedican a la costura. Eso es lo que aparentan. Antes de tomar el ascensor han dejado escapar una seña imperceptible. El destinatario es el pintor. Hidalgo la ha captado. Es el momento de comenzar con el plan.

La doctora Ayauca nota el cambio en la expresión del pintor. ¿Qué se está perdiendo?

—¿Qué pasa, Hidalgo? —alcanza a balbucear.

El pintor dobla el periódico y termina el vino que queda en la copa de un trago.

—Tengo que irme, doctora. Vienen a buscar los cuadros para la exposición.

—¿Los has vendido? ¿Vas a exhibir tus pinturas?

—A partir de mañana, desde las nueve, en el Salón de la Cultura.

—¡Qué sorpresa! ¿Es gratis?

—Estás invitada. No te lo pierdas.

Toma su abrigo. Ni siquiera espera el ascensor. Sube directo por las escaleras. Están por llegar los operarios que se encargarán de trasladar los cuadros. Debe controlar que todo marche bien. El profesor está activo. No parece el señor desmemoriado de siempre.

La doctora Ayauca se queda sola en la mesa pensando que al fin podrá ver las pinturas de Hidalgo. Se había ilusionado con un paseo al Delta. Se limpia la boca con la servilleta. Sus pensamientos buscan en vano algo para pasar la tarde. Tendrá que salir a caminar de nuevo. El olor asqueroso de los pájaros inunda la recepción y el comedor del hotel. Alguien ha dejado la puerta abierta. También entra el frío. Se dispone a levantarse de la mesa. Nada tiene que hacer ahí.

Se levanta y toma su abrigo. El ascensor sube. Alguien llegó al hotel y subió rápido a su habitación.

—¿Saldrá a dar una vuelta? —le pregunta Damián al notar que la profesora se coloca el abrigo.

—No sé, está un poco ventoso.

Cierra la puerta de entrada que dejaron abierta.

—El olor de la calle es insoportable.

—Es que no limpian, doctora. Está todo lleno de mierda.

—Es el reflejo del país —se queja la profesora.

Luego de un instante de indecisión dice:

—Mejor me voy a dormir, aunque no se si podré conciliar el sueño.

Damián le alcanza la llave de su habitación.

—¿Vio quien acaba de llegar?

—No, ¿Quién?

—Su amigo Ismael, el del noveno.

Ayauca siente un torbellino en su corazón. Oleadas de sangre colman sus células. Damián no se pierde ni un solo registro de los gestos de su rostro. Sabe que la vieja está perdida por el funcionario. En su interior disfruta. Se imagina escenas de sexo salvaje. Sin embargo, Ismael no parecía estar muy entusiasmado con ella. Se dio cuenta al entregarle la llave.

—Creo que la vio en la mesa.

—¿Me vio?

—Juraría que sí. Se apresuró para tomar el ascensor.

«Sigue eludiéndome. ¡Maldito!» pensó, apretando los dientes.

Mientras se termina de acomodar ayudándose con su bastón decide que esta vez no se le escapará. Subirá en ese mismo momento a su cuarto. Sabe lo que necesita para seducirlo. Solo debe recoger algo sin que nadie lo note. Algo que está sobre la mesa donde estuvo almorzando: un cuchillo filoso.

CAPÍTULO XX

La estrategia de la doctora Ayauca

En el piso de arriba se sienten los pasos de Ismael. Se desplaza rápido. De un lado para otro. Luego percibe el ruido de la ducha. ¿Será el momento oportuno para abordarlo o mejor esperar? Supone que se baña y se afeita. Imagina su cuerpo desnudo. Un cosquilleo le viene desde los talones hasta la nuca. Hay ruidos de ascensores. Supone que es el trajín del traslado de los cuadros. Un ruido de puertas en el noveno y los chillidos del ascensor le indican que Ismael se ha ido. El día se consume. El erotismo otoñal cabalga desesperado. No tiene las sincronías de la primavera. La doctora se tuvo que relajar masturbándose. Luego se metió un rato en la bañera. ¿Cuándo volvería Ismael? ¿Se habría marchado de nuevo al interior? Ya pasaron las horas de oficina y no regresó al hotel. ¿A qué volvió? Las preguntas le sembraron tanta ansiedad que decidió bajar a la planta baja. Tal vez Damián podría revelarle algo.

—Me dijo que no vendrá al hotel esta noche. Parece que se fue en el auto a la provincia.

—Pero ¿volverá?

—Ha dejado sus cosas. Cuando viaja a la provincia vuelve al día siguiente.

—¿No preguntó por mí?

Pensó en dejarle una nota. Luego se dio cuenta que eso solo aceleraría su partida. Era obvio que estaba huyendo de ella. Tendría que buscar una manera.

—Me gustaría esperarlo en su cuarto. Quiero darle una sorpresa.

La sonrisa cómplice de Damián. A veces las personas son transparentes.

Buscó en un cajón y sacó unas llaves.

—Estas son las llaves del nueve. El duplicado del hotel. No me las pierda.

El rostro de la profesora se iluminó. ¡Tenía las llaves de la habitación de Ismael! Podría esperarlo en su lecho. Ismael no resistiría. Solo necesitaba verter un poco de sangre. La herida de los pájaros había cicatrizado. Tendría que provocarse otra al momento en que lo escuchara llegar.

—¡Eres un genio, Damián!

Lo premió con un beso cremoso. Gotas que quedaban en sus sequedales. Con entusiasmo se dirigió al ascensor. En el hotel permanecía el silencio que habían dejado los ruidos de la marcha de los cuadros. Los nervios de Hidalgo. Los tropezones de los operarios encargados del traslado. En la calle los ruidos habituales que a veces se colaban entre las ráfagas del viento cuando la puerta de entrada se quedaba abierta. Los graznidos de las aves habían logrado entremezclarse entre los ruidos de los motores, bocinas, voces humanas, los golpes de tareas de construcción. El fondo de la música de las plantas entre los enormes edificios.

A la mañana del día siguiente hay menos gente en el hotel. Muchos se han sentido atraídos por la presentación de las pinturas de Hidalgo. Damián se distrae en la cocina. Supone que será un día tranquilo. Cerca del mediodía aparece el funcionario del noveno, recoge el mismo la llave de su cuarto y espera el ascensor. Al momento en que se abren las puertas del ascensor ve a Damián y lo saluda. El conserje piensa que tendrá la agradable sorpresa de encontrarse con su amada. Desconoce los detalles grotescos y diabólicos de aquella relación. Por un breve instante pensó que no había sido la mejor idea entregarle la llave de su habitación a la doctora Ayauca. A veces se deja llevar. Es su debilidad.

Las chicas del segundo duermen. Ramiro controla sus plantas que han crecido y han ocupado todo el baño. Pronto empezará la cosecha. Se siente orgulloso de su cultivo. Le ayuda a olvidar sus fracasos en la universidad. De pronto recuerda que es jueves.

—Hoy debe haber venido Rocío. ¿Todavía seguirá con el viejo ese?

Tiene una obsesión con la chica. No puede aceptar que lo rechace. Le llama la atención el silencio. Poco movimiento en el hotel. Nada que ver con el día anterior.

La francesa tiene visita. Ha llegado un excéntrico brasileño que requiere sus servicios. Está cansada. Tiene que recibirlo con la mejor cara. Siempre es generoso con ella. Siempre llega con urgencias acumuladas.

Ismael abre la puerta de su habitación. Usa la maña de siempre para abrirla. Tira el portafolio en el sillón y se va a la cocina para beber algo. La jornada ha sido larga. Las cosas no van del todo bien. En los últimos tiempos ha tenido problemas con los milicos. Pasos en falso. Sospecha que lo tienen en la mira. Alucina que lo están siguiendo. El miedo alquiló uno de sus cuartos para hacerle compañía.

No puede creer la escena que le espera en la habitación. Lo descubre cuando intenta cambiarse la ropa. En su cama está la doctora Ayauca, desnuda, esperándolo.

—Ismael, mi amor, ¿Por qué demoraste tanto?

—¿Cómo ha entrado?

—Te estoy esperando. Llevo una vida esperándote.

Ismael mira para todos lados. Se asoma al balcón. Todos los autos que pasan parecen Ford Falcon. Teme que alguno se detenga. El olor metálico de la sangre que corre por el brazo de la doctora no opaca el pavor que lo envuelve. Está convencido de que es una trampa. Espera que se aparezca un milico en cualquier parte. Abre los placares. Revisa el baño. Solo le queda huir. No sabe de dónde vendrá el ataque.

La profesora se desespera. La sangre parece no surtir efecto esta vez. Desconsolada le ruega.

—¡No te vayas! ¡Te he estado esperando!

Ismael toma su maletín y su saco y se va sin terminar de prender la camisa. La doctora se queda desconsolada.

El funcionario aprieta el botón del ascensor apurado. El ascensor se presenta y se abre. Se espanta de nuevo al ver que Ramiro está en el ascensor. Cualquier sombra lo aterra.

—Voy al quinto—aclara Ramiro—No alcancé a apretar el botón.

Me ha traído hasta aquí.

Ismael está tan asustado que no recuerda que sucedió lo mismo aquella vez cuando encontró a la madre de Ramiro tirada en el interior del ascensor. Comparten el ascensor bajando hasta el quinto. En el trayecto Ramiro le pregunta por Rocío. Ismael no tiene idea de quién es Rocío. Luego intuye que puede ser útil enviarlo a su habitación. Tal vez le sirva para ganar tiempo y embarrar la cancha.

—Está en el nueve, con la doctora Ayauca.

Ramiro se baja en el quinto. Comprueba que no hay nadie en las habitaciones del pintor y sube rápido por las escaleras al noveno.

Cuando Ismael le ve la cara al conserje se da cuenta que es quien tiene que haber prestado las llaves de su cuarto a la profesora.

—¡Maldito maricón! ¡Vos le diste las llaves de mi cuarto a la vieja! ¡Haré que te echen, puto de mierda!

Se va del hotel golpeando la puerta de entrada. Ni siquiera deja las llaves de su habitación. Corre hasta su auto en el estacionamiento. Lo único que puede salvarlo es desaparecer.

Ramiro encuentra la puerta del cuarto del noveno semiabierta.

CAPÍTULO XXI

El orgasmo

Ramiro encontró la puerta del cuarto del noveno semiabierta.

—¡Rocío! ¿Estás aquí?

La sala de estar estaba desordenada. Una corriente de aire venía de las ventanas del balcón. Una canilla goteaba en el baño. Ropa de Ismael tirada en los sillones.

—¡Ismael! ¿Eres tú, Ismael? —. La voz de la doctora Ayauca viene del dormitorio.

Ramiro se asomó a la pieza y la vio, desnuda en la cama. Miró para todos lados. Imaginó que el pintor Hidalgo estaba en alguna parte. También debía estar Rocío. Las orgías que había imaginado. Allí, delante de sus ojos.

Sus pómulos se encendieron.

—¡Maldito degenerado!

—Ismael, no te vallas —suplicaba la doctora medio inconsciente.

—¡Rocío! ¡Hidalgo! ¿Dónde están?

Estaba por dar por finalizada su incursión, cegado por la rabia, cuando notó el hilo de sangre que salía de la muñeca de Ayauca. Sintió una sensación extraña, una especie de convulsión. Un sabor ácido metálico en la lengua. Sus poros se dilataron. Sus hormonas parecieron despertar excitadas. Sintió un deseo desesperado de lamer esa sangre. Todo estaba expuesto. La mujer semidormida, solo tenía que acercarse sin hacer ruidos. Comenzó a lamer la herida. Algo estalló en su cuerpo. Sintió el deseo urgente de consumar el acto sexual. El calor del cuerpo del joven produjo una sonrisa de placer en la mujer.

—Ismael. Regresaste. Por fin.

No hubo tiempo para los relajados juegos eróticos que había aprendido con las prostitutas. Fue una penetración violenta. La profesora apenas soltó un quejido. Ramiro ni siquiera se había sacado la ropa. Las ventanas y la puerta seguían abiertas. La música de fondo de los ascensores y voces sueltas. La orquesta cotidiana del hotel El Porvenir. Mezcla de olores de comidas y una humedad que costaba respirar. El olor rancio de los pájaros. Aquello recién comenzaba. Las palpitaciones de los corazones siguieron agitándose. El calor de los cuerpos y la sangre. Se repitieron los orgasmos sustentados por la energía del joven. Llegó uno al máximo que coincidió con los gritos de la francesa en el segundo. Tenía que gritar. Para eso le pagaba el brasileño. Los gritos de la francesa se acoplaron con los quejidos de la doctora Ayauca convencida de que quien estaba encima suyo era Ismael. La resonancia erótica de los orgasmos produjo suaves orgasmos simultáneos en los habitantes del hotel, como si las neuronas de cada uno se hubiesen acoplado a aquel frenesí simultáneo.

Luego de tanta explosión llegó el alivio. De inmediato se escucharon las carcajadas de las prostitutas. Todas habían sentido esas caricias sin saber de dónde venían. En la planta baja, Damián lloriqueaba consumido. Se sentía culpable de haberle prestado las llaves a la doctora Ayauca. Aún le dolían los insultos de Ismael. La cagada de su vida. No tenía forma de arreglarla.

En otra ocasión, ante tal agitado e impensado encuentro, Ramiro se hubiese quedado dormido. Había alarmas encendidas en su cuerpo. No terminaba de comprender lo sucedido. Algo no iba bien. Se incorporó y notó que su ropa estaba manchada de sangre. Su camisa y su pantalón. El sabor de la sangre permanecía en su boca. Su cuerpo estaba transpirado. Se desesperó cuando observó los ojos en blanco de la doctora. Un hilo de sangre seguía saliendo de su muñeca herida. Las sábanas estaban manchadas con sangre. El cuchillo que había usado la profesora había quedado sobre la mesa de luz. Contuvo el impulso de tomarlo. En ese momento se dio cuenta de que los ventiladores estaban funcionando. Corrientes de frescura que quizás despabilaron su cerebro obnubilado. La sospecha de que la mujer no tenía signos vitales le hizo estremecer cada parte de su cuerpo. Le llegaron señales de que debía escapar. Tenía que estar lo más lejos posible de ahí.

Bajó aturdido por las escaleras hasta su cuarto. En vano procuraba explicarse lo que había sucedido. Una postal del infierno. ¿De dónde surgieron esos deseos frenéticos? Instintos bestiales se habían apoderado de su cuerpo. La noche de la humanidad. Llegó a su habitación. Sus fosas nasales se inundaron con los fuertes aromas de las plantas de marihuana. En un momento pensó que podían haber sido la causa de su desenfreno. Se quitó la ropa sucia e intentó limpiarla. Era en vano. Su madre se ocupaba de lavarle la ropa. No tenía idea de cómo hacerlo. Solo alcanzó a meterla en el lavatorio del baño y remojarla un poco. Luego pensó que lo mejor era irse lo más lejos posible. No tardarían en encontrar el cuerpo de la doctora Ayauca en el noveno. Cerró su cuarto y bajó a la planta baja. Allí se encontró con Damián lloriqueando.

Solo atinó a dejar la llave de su cuarto. Lo que podía sucederle a Damián no alcanzaba a preocuparle. Se enfrentaría a la calle sin saber su destino. Descartó recurrir a su madre. Quería estar lejos. Preguntó por preguntar lo que siempre preguntaba:

—¿Hoy no viene Rocío?

Damián suspiró, recobrando un poco de naturalidad.

—Está en la exposición de las pinturas del profesor Hidalgo.

—¿Qué exposición?

—¿No sabías?

—No.

—Es en el Salón de la Cultura. Estará toda la semana de mayo.

Salió a la calle. Notó que había banderas celeste y blanco colgadas de los balcones. Comenzaban a competir los espacios con las suciedades de los pájaros. La humedad se mezclaba con los graznidos, los plumones y los piojillos. Si. Debía ir a la exposición. Ahí estaría Rocío. Podría asegurar que estuvo todo el tiempo en la presentación de Hidalgo, que nunca estuvo en el noveno. Hizo señas a un taxi mientras terminaba de digerir la última frase del conserje, la que no alcanzó a responder.

—Tienes la boca lastimada.

Sacó un pañuelo para limpiar su boca.

—Al salón de la cultura.

Poco después que Ramiro había salido sonó el teléfono del hotel. Era Hidalgo:

—Profesor.

—Damián, ¿Podés avisarle a la doctora Ayauca que hoy comenzó la exposición de mis pinturas? Se debe haber olvidado.

Hidalgo pensó que Ayauca sería la primera en estar en el salón. Siempre manifestó su curiosidad por ver sus pinturas. Le extrañó que no apareciera en toda la mañana.

Damián llamó a Dolores para que lo cubriera en la conserjería mientras iba a avisarle a la doctora. Sabía que estaba en el noveno, pero no contestaba al teléfono. Supuso que estaría dormida. Sin embargo, lo tenía inquieto la apresurada salida de Ismael. ¿Qué había pasado? ¿Por qué estaba tan enojado?

Bajó Dolores y subió Damián. La dueña del hotel chequeó las reservas para esa noche. Una pareja de Israel y dos adolescentes de intercambio de Alemania. habitaciones en el sexto. Quiso aprovechar para asegurarse de que los cuartos estuvieran preparados llamando a las chicas de la limpieza.

El grito aterrador de Damián se escuchó en todo el hotel.

Media hora después la policía se hacía presente en el hotel y comenzaba a aislar las zonas a investigar. Sus uniformes lucían extraños. En el hotel El Porvenir y en toda la cuadra siempre había militares y gendarmes, camiones y Falcon verdes. Ahora solo policías comunes.

CAPÍTULO XXII

La exposición de pinturas del pintor Hidalgo una semana antes del último eclipse solar anular del siglo XX

La exposición de los cuadros de Hidalgo en la Casa de la Cultura ha congregado a mucha gente. Muchos años de trabajo. Los pintores más reconocidos del país y extranjeros han asistido a la muestra. Todos se quedan impresionados por sus exquisitas obras de arte. Su estilo se destaca porque sintetiza las últimas corrientes. Una mezcla equilibrada entre el realismo, impresionismo y expresionismo, modernismo, vanguardismo. Colores subidos y dilatados para lograr un contraste único, equilibrado.

El profesor Hidalgo se desplaza junto con Rocío entre la gente que ha ido a observar su exposición. La joven lo acompaña todas las veces que puede. Luce un vestido estampado juvenil que le compró el maestro para que asistiera al evento. Además de la gente de la comunidad artística que ha ido a observar la obra y la gente común que no sabe de arte hay otros visitantes que han entrado a la galería. Estos últimos se preocupan de mirar con detenimiento los cuadros en los que se han representado cortes de mapas de la ciudad. Anotan en sus libretas sin perderse detalle. Toman fotos. Allí están señalados los puntos claves para atacar al gobierno de la dictadura: centros de confinamiento, lugares de torturas, las vías de las desapariciones y los sitios de las Fuerzas Armadas. Muchos años de recopilación, no solo el tiempo que se alojó en el hotel El Porvenir. El séptimo piso del hotel también estaba señalado. Solo había que saber encontrarlos entre tantos trazos y colores. Los códigos inmersos en el arte.

Rocío esperaba ver al fin las pinturas de las modelos desnudas. Tantas horas de trabajo sin poder escudriñar las obras. A la curiosidad siguió la sorpresa. No se veían cuadros de mujeres desnudas. Solo eran pinturas de pájaros. Recorrió toda la exposición. Le encantaron las pinturas. No comprendía los mapas intercalados, a pesar de los colores y los contrastes. Muchas etiquetas. Nombres de lugares. Un paseo equilibrado permitiendo que fluyan las emociones. Los cuadros eran unas caricias al buen gusto. «No sé qué es lo que me gusta. No lo entiendo, pero no puedo dejar de mirarlos».

Mientras Hidalgo estaba ocupado con todos los que querían saludarlo y platicar con él, Rocío se detuvo en la pintura de un cuervo con la pata quebrada. Los anteojos en el pico como si fueran herramientas listas para usar. No hacía falta mirar el nombre de la modelo para darse cuenta de que se trataba de la profesora Clodomira Ayauca. La joven se reía sola. Pensaba en la cara que pondría la vieja cuando se viera retratada como un pájaro. Luego se sorprendió mirando aquel pajarillo, un gorrión. Abajo decía:" Rocío Rosario Candor" «¿En qué momento me pintó si nunca estuve posando para él?». Usa modelos humanos para pintar pájaros. No puede entenderlo, pero le divierte. Ese hombre es un misterio. Indescifrable. En ese momento unos periodistas lo estaban entrevistando. Los flashes de las fotos se sucedían. La galería se llenaba cada vez más de gente.

—¿Sus pinturas tienen algo que ver con la invasión de pájaros en los últimos tiempos?

—No lo sé. Es posible. Me lo he preguntado muchas veces. Los pájaros no solo están en la ciudad, también deambulan en nuestro cerebro. Son parte de la historia. Están aquí para decirnos algo.

—¡Qué profundo lo que dice profesor Hidalgo!

—En vez de exterminarlos tendríamos que interpretar lo que nos quieren decir.

En el momento en que se queda libre se acerca a Rocío y le pregunta:

—¿No ha venido la doctora Ayauca?

—No la he visto.

—Se habrá quedado dormida. Le llamaré al hotel.

Rocío sigue recorriendo las pinturas. Hay búhos, guacamayos, calandrias, urracas; cada modelo le inspiró un ave diferente. Parecía la exposición de un ornitólogo. La gente no hablaba de otra cosa que de los pájaros y de lo que interpretaban de cada uno de los cuadros. Unos estaban convencidos de que los pájaros venían del futuro. «Vienen del futuro. Quieren advertirnos de algo que nos sucederá». Se olvidaban de las quejas cotidianas de sus mierdas y orines, sus ataques a las mascotas, y encendían los crepúsculos de metáforas que inspiraban las bellas pinturas.

Otros decían: «Vienen del pasado. Son espíritus en pena que

vienen en busca de su venganza»

Otros decían: «Son migraciones que vienen del norte. El clima ha cambiado y han aumentado las poblaciones. Ahora emigran a todas partes».

Otros manifestaban la inteligencia del pintor por haber expresado el tema del momento en sus cuadros. Las alabanzas hacían olvidar a aquel anciano desmemoriado que simulaba hacerse el amnésico para camuflar sus tareas de vigilia. Sus virtudes se multiplicaban. No solo era buen pintor, también era buen actor. ¿Cómo había adquirido semejante talento? Luego reparaban en los cuadros de mapas intercalados. ¿Qué significarían esas pinturas de mapas? ¿Son los lugares de inspiración? ¿Recortes de Buenos Aires para que la ciudad quede representada en su exposición?

—¿Qué significan los cuadros de los mapas?

Hidalgo tenía todo pensado. Sabía que le harían la pregunta. Sabía qué debía responder.

—Es lo que ven los pájaros. Si observan con detenimiento verán que hay muchos colores. Los pájaros ven más colores que los humanos. Ese verde amarillento representa la luz ultravioleta. Nosotros no la vemos. Los pájaros sí.

La respuesta dejaba con la boca abierta a los periodistas. «¡Cómo sabe el profesor!». La presentación se transformaba en un acontecimiento. A los periodistas de los medios gráficos se sumó la radio y la televisión. En poco tiempo la noticia sobre los cuadros de Hidalgo competía con los avisos de la celebración de la revolución de mayo que comenzaba al día siguiente.

Mientras un grupo de mozos comienzan a preparar las mesas

para el café, entra a la exposición un joven que Rocío conoce bien: Ramiro. Nota que camina un poco desorientado. Lo mira, pero no parece reconocerla. Se sienta en uno de los bancos que hay distribuidos en la galería.

—¡Ramiro!

Se acerca a él. Aquel joven se parece poco al soberbio que conoció en las escaleras del hotel. Esta nueva versión le resulta más atractiva.

—¡Hola Rocío! —contesta como si fuera un acto reflejo.

Rocío se sienta a su lado.

—Te ves extraño. ¿Estás bien?

El joven está transpirado. No tiene buena expresión en su rostro. Rocío pensó que debía estar enfermo.

—Estuve buscando el salón toda la mañana. No lo encontraba.

—¿Has visto los cuadros?

—No, aún no.

El cuadro del cuervo con la pata rota está justo enfrente. Tiene un gran tamaño. ¿Cómo puede ser que no lo haya visto?

—¿Sabés a quién representa ese cuadro? ¿Alcanzas a leer el nombre abajo?

Ramiro mira sin decir nada. Parece estar en otro mundo.

—¡Es la doctora Ayauca!

La falta de respuesta preocupa a Rocío.

—¿Estás bien?

—Un poco descompuesto.

—¿No viste a la doctora Ayauca? Aún no ha venido.

Ramiro baja la vista. Apenas se escucha lo que dice.

—No la vi, salí temprano del hotel.

Las mesas ya están servidas. Rocío tiene hambre. Han traído muchas cosas dulces y saladas para acompañar al café. No había desayunado en el apuro por venir a la exposición.

—¿Quieres comer algo?

Ramiro no tiene ganas de nada. No quiere comer. No quiere hablar. Siente el cuerpo pegoteado por la transpiración. Leves sensaciones de náuseas le acompañan. La multitud le hace sentir más calor aún.

—Ya vengo, voy al baño.
—Están al final del salón.

Rocío se entretiene comiendo cosas ricas. En un momento las mesas están rodeadas de gente que procura un café y algo para acompañar. Tiene que infiltrarse entre todos para llegar a la mesa. Pasa el tiempo y Ramiro no regresa.

Dos personas entran al salón. En forma discreta se acercan al profesor Hidalgo. Son las hermanas Arena. Una se detiene, la otra sigue la marcha y luego se queda mirando un cuadro.

La que se detiene al lado de Hidalgo le dice sin mirarlo:

—Todo está en orden. El operativo está en marcha.

Esa información produce una sensación de alivio en Hidalgo. Sonríe. Ahora es él quien se acerca a la otra:

—¿Le gusta el cuadro, Señora?

La mujer sin mirarlo le dice:

—Han encontrado muerta a la profesora Ayauca en el cuarto de Ismael en el noveno.

Hidalgo se aparta de la mujer que sigue mirando otros cuadros. El rostro del pintor está desfigurado. Rocío no ha escuchado lo que han dicho, pero le llama la atención la expresión de Hidalgo.

—¿Qué ha pasado?

—La doctora Ayauca. Está muerta. La encontraron en el cuarto de Ismael.

El profesor sale rápidamente del salón. No le da tiempo a Rocío a que lo siga. Se asoma a la calle y se mete en el café de la esquina. Se sienta en una mesa al lado del televisor. Están dando la noticia. Ahora se pueden ver las imágenes en colores. La tecnología ha llegado para quedarse.

Hidalgo no supera el impacto de la novedad. Su cerebro trabaja encarnizado para obtener un poco de claridad sobre lo que ha pasado. Se tranquiliza al ver que son policías comunes los que están en el hotel. Las imágenes muestran cómo suben el cuerpo de la doctora a una ambulancia y se lo llevan. El hotel El Porvenir queda ocupado por los policías. Han clausurado el acceso al piso noveno, al octavo y al cuarto.

«Parece que ha sido un suicidio». Concluye el profesor. La sospecha de que la dictadura está detrás de su muerte se disipa, pasa a segundo plano. El plan está en marcha. El día siguiente se conmemora el día de la patria. Habrá parada militar. Desfiles de las escuelas. Los negocios venderán churros y chocolate para festejar. El general Villena no podrá aparecer. Está muerto. La gente comenzará a sospechar. En alguna parte los rebeldes han comenzado a desarrollar el plan que elaboraron durante tantos años.

Hidalgo regresa al Salón de la Cultura para atender su exposición. Hay autos de policías en la puerta del salón. De nuevo le invaden los malos presagios. La gente sale a la calle. Se amontonan. Se llevan a alguien. Llevan a un joven detenido. ¡Es Ramiro! Hidalgo apura el paso. Los autos de policía se retiran. Entre los curiosos que se han amontonado en la puerta del salón está Rocío. Los ojos rojos a punto de soltar las lágrimas.

—¿Qué ha pasado, Rocío?

—Se han llevado a Ramiro. Vinieron a buscarlo. Lo encontraron vomitando en el baño.

—¿Por qué se lo han llevado?

—No han dicho nada. Solo preguntaron por él.

Los comentarios de los asistentes a la exposición mudaron de los cuadros y los pájaros al suicidio de la doctora Ayauca. «Es el mismo hotel donde se hospeda el maestro Hidalgo». Las conjeturas se multiplicaban. El nombre de la doctora aparecía en uno de los cuadros: doctora Clodomira Ayauca, un cuervo con la pata rota.

CAPÍTULO XXIII

El preludio del día de la Patria

En el aniversario de la Patria, Hidalgo se levantó temprano. El día anterior llegó a la noche luego de culminar la primera jornada de su exposición de sus cuadros. Siguieron las entrevistas. Había interesados en comprar sus obras. En especial preguntaban por la pintura del cuervo. Tuvo que contestar interminables preguntas. Todos querían saber cuál era su relación con la mujer que se había suicidado. Compartió una cena con otros artistas. Terminó agotado.

Se ubicó en el bar, en el lugar de siempre. Allí estaba el diario "Contraste" con las últimas noticias y la televisión con sus imágenes para informarse de todo lo que había sucedido. La fachada del hotel estaba en primera plana: «Suicidio en el hotel El Porvenir». Un supuesto romance de la mujer con el funcionario del noveno. En la segunda página aparecía el retrato de la profesora y un resumen de su biografía. Nada comentaban de su obra principal "Humanosmia". Hidalgo también aparecía en el periódico. Informaba sobre su exitosa exposición y el relato de una historia imaginaria de su vida. Hidalgo era muchas personas a la vez. El pintor era solo una fachada. En segundo plano quedó su talento por la fotografía. Imágenes de los festejos de la revolución de mayo. Las mentiras de la junta de gobierno. La televisión repetía las mismas escenas del día anterior. Los infaltables comunicados de la dictadura. Justificaban la ausencia de Villena en los actos por una indisposición del dictador. La gente comenzaba a sospechar algo extraño en torno al tirano. Los rumores de que estaba muerto habían comenzado a difundirse. Los militantes de las luchas clandestinas se encargaban de eso.

Los agentes de policías seguían atareados por las pesquisas en el hotel. Hacían trabajar a los ascensores a destajo. Un comisario se había sentado en una mesa del bar para tomarse un café. Luego siguió observando las imágenes de la tele mientras se fumaba un cigarro. Hidalgo interpretó que esperaba a alguien. Enseguida pudo comprobar que su suposición era correcta. Cuando el director del penal de los Abrojos entró al hotel el comisario se puso de pie para saludarlo. Se dieron un efusivo abrazo.

—Tiene que ver lo que encontramos en el cuarto, director—le dijo.

—De inmediato se dirigieron al ascensor.

Se asoma Rocío tan resplandeciente como el día anterior, entusiasmada con la exposición y preocupada por la detención de Ramiro.

—¿Quieres un café con leche? ¿O prefieres reservarte para el chocolate con churros que repartirán mas tarde en la plaza?

—Prefiero el café con leche. ¿Sabe qué pasó con Ramiro?

—La policía está en su habitación. Creo que lo han detenido por sus plantas.

—¿Sus plantas?

—Tiene plantas de marihuana. En unos días lo largarán.

—¿No le preguntó a su mamá?

—No la he visto. Tampoco a Dolores. Igual la policía todavía anda por acá. No se puede comentar nada.

En eso bajaron el comisario y el director del penal. Pasaron sin mirar, entretenidos en sus comentarios y sus risas, como si hubieran realizado un gran descubrimiento. Salieron del hotel y se fueron en un auto. El aire frío entró al interior junto con las notas del himno y los ruidos de los desfiles que ya comenzaban, espejo de lo que se mostraba en la pantalla de la tele.

La policía se retiró del hotel. Quedó clausurada la habitación del noveno, la de la doctora en el octavo y la de Ramiro en el cuarto.

—Ya tenemos que ir al Salón —le recordó Rocío a Hidalgo.

—Espera.

En ese momento bajaban Alicia y Dolores. La madre de Ramiro lloraba. Dolores trataba de consolarla. Hidalgo se acercó a la conserjería. Allí se juntaron con Damián.

—Alicia, no debes preocuparte. A Ramiro lo han detenido por las plantas de marihuana —trató de tranquilizar.

—No, no. Han encontrado ropa manchada con sangre en su cuarto.

—Sus huellas están en el noveno —agregó Dolores.

El rostro de Hidalgo se contrajo. Se llenó de sombras. Rocío también sintió el vaho de la angustia. Por eso se lo veía tan mal a Ramiro cuando apareció en la exposición. Dolores también estaba asombrada por la apariencia de Hidalgo.

—Parecés lúcido, viejo. ¿Qué pasó con tu amnesia?

—Estoy un poco mejor —atinó a explicar el artista—. Ya no la necesito tanto.

—Sospechan que a la doctora Ayauca la asesinaron.

—También han detenido a Ismael.

—Lo apresaron en Villa Mercedes.

—Ya se aclararán las cosas, Alicia. No creo que el chico esté involucrado. Hay que buscar un buen abogado para su defensa.

—Solo conozco los abogados de las putas.

—¿Y esas viejas? ¿Se vienen a alojar ahora que el hotel se vino a pique?

Las hermanas Arena habían entrado al hotel. Se acomodaban en los sillones mientras revisaban cosas de sus carteras y sus bolsos. A pesar de ser dos individuos diferentes sus movimientos parecían coordinados. Cuando una levantaba un brazo la otra lo bajaba. Parecía que sus desplazamientos estaban controlados por hilos invisibles que las unían.

Hidalgo le hace señas a Rocío. Es hora de marchar al salón. Cuando se retira el pintor pasa enfrente de las hermanas Arena atareadas en ordenar sus rollos de lanas y demás cosas. Intercambian mensajes con gestos que solo ellos entienden. «Todo va según lo planeado» Es el mensaje invisible. Rocío se apura para abrirle la puerta al pintor.

—¿Llevaremos paraguas, Rocío? ¿Hay muchos pájaros hoy?

Una de las hermanas Arenas le responde:

—No hace falta señor. Está frio, pero no habrá lluvia.

—El cielo está despejado de pájaros.

Luego una de ellas agrega una información que parece caída del cielo.

—El miércoles treinta es el día del eclipse solar.

—Solo se verá en el hemisferio norte —completa la otra.

Rocío mira al profesor sin entender. En su rostro se vislumbra una sonrisa apenas perceptible.

Caminan hasta la esquina donde esperan abordar un taxi para que los acerque a la exposición.

CAPÍTULO XXIV

El doble

La junta militar está en un momento de debilidad. Ya no sabe cómo hacer para mantenerse en el poder. Está desgastada. Si no fuera por el adormecimiento de la *humanosmia* que padece la población ya los hubiese derrocado. Solo permanecen activos los focos insurgentes lejos de las ciudades, en el monte, refugiados en sus laberintos subterráneos. Tampoco tienen la fuerza para derrocar al gobierno protegido por una población indiferente. Acostumbrados a agachar la cabeza y a los comunicados patéticos del General Villena.

El general Villena ya no está. Es el ícono de la dictadura. Si la población se entera de que lo mataron los pájaros puede hincharse de coraje y arrebatarles el poder. Se animarán los rebeldes que hace tiempo lo están buscando. A toda costa deben sostener que Villena está con vida. Los comunicados suenan cada vez más truchos. Es muy llamativa su ausencia en las celebraciones de la Revolución de Mayo. La gente terminará dándose cuenta. La junta se desgasta combatiendo a las aves de rapiñas que hacen estragos en la ciudad. Cada vez son más difíciles de cazar. Han llenado con heces las calles, las plazas, las casas, los barrios de la elite (los que sostienen la dictadura) las fábricas, los campos, incluso hasta las estradas del congreso. El olor es insoportable. ¿Hasta cuándo lo soportará la gente?

La dictadura ha ideado un plan para mantenerse en el poder, para recobrar la popularidad que logró hace décadas, cuando tomó el poder ante una democracia enferma. Si la estrategia funciona podrá mantener la situación un tiempo más. Lo necesitan sus alicaídas huestes. Lo reclaman los poderosos.

El doctor Arancibia lleva una vida tranquila. Los acontecimientos políticos, si bien repudia a la dictadura, no le afectan al desarrollo de su vida cotidiana ni a su carrera. Alguna vez le dijeron sobre su parecido con el general Salvador Villena. Algo para reírse un rato. Bromas de sobremesa. Alguna vez se animó a imitar su voz en los comunicados. Se sorprendió cuando varios autos Falcon de color verde se detuvieron frente a su casa sin respetar los estacionamientos de la calle. Bajaron varios hombres armados. Era la tarde, después de que atendiera a sus pacientes. Estaba solo en su consultorio. Se asustó. No estaba vinculado a ningún grupo rebelde. Pensó que seguían una pista falsa. «Revisarán todo y tendrán que irse. No encontrarán nada» Aun así estaba preocupado. Los militares habían hecho desaparecer a empresarios para quedarse con sus bienes. Tal vez estaban interesados en sus fincas de Córdoba. Nada de eso. Solo buscaban a alguien que se pareciera al dictador.

El primer contacto entre el doctor Arancibia y los agentes, esas bolas de crueldad con uniforme, fueron dos golpes en el estómago que casi lo dejan sin sentido. Le pegaron a pesar de que no ofreció resistencia pensando que todo sería un malentendido. Los crápulas han perdido las emociones humanas. Se han transformado en robots. Solo se esfuerzan en hacer bien su trabajo. Deben ser implacables. Saben cuál será su destino si dejan de ser útiles a los militares.

Con las primeras sombras del atardecer meten al doctor Arancibia en el baúl de uno de los autos. El resto de los efectivos aprovechan para recoger lo que encuentran de valor en el consultorio. Esa es la recompensa adicional por sus tareas.

Durante los primeros momentos de su secuestro el doctor Arancibia creyó que había llegado su hora final. El maltrato, la oscuridad de la celda sucia. Solo le quedaba llorar y maldecir su destino. Temblando en un rincón, meado y cagado, esperando que lo vinieran a buscar para consumar su destino final. En un momento se abrió la puerta y lo retiraron arrastrándolo con los ojos vendados hasta otro lugar. A punto de perder el conocimiento le quitaron las vendas de los ojos. Lo que vio le hizo surgir una luz de esperanza. Entendió que no aún era su hora final. Luces y espejos, ventanas con cortinas que no dejaban ver hacia afuera. Un baño y una cama. En lugar de las crueles pelotas rancias cubiertas de uniformes, tres amables chicas le quitaron la ropa y lo metieron en la bañera. Se preocuparon de lavarlo bien. Le dieron agua. Sintió recobrar el apetito. Le dieron algo de comer y luego lo sentaron frente al espejo.

Una larga operación de maquillaje. Le recortaron el pelo y lo aplastaron hacia atrás. Le agregaron bigotes finos. Colorearon su piel con poco más amarillenta para lucir como un hombre enfermo. Cuando se vio en el espejo no lo pudo creer: ¡El general Salvador Villena!

Surgieron muchas preguntas. ¿Por qué estaban haciendo eso? ¿Qué había pasado con el general Villena? ¿Por qué necesitaban un doble? ¿A dónde pensaban enviarlo? Les preguntó a las chicas con lo que le quedaba de voz y las chicas le respondieron:

—¡Sschist! No pregunte nada. Mientras menos sepa es mejor para usted.

La despiadada junta militar preparaba una maniobra. Solo le preocupaba saber si estaba a salvo.

—¿Qué me van a hacer?

—No sabemos. A nosotras también nos secuestraron. Somos de un grupo de teatro. Nos dijeron que no preguntáramos nada. Solo tenemos que dejarlo igual al presidente.

—Estamos en una celda. Tampoco sabemos qué será de nosotras.

Nada bueno podía salir de todo eso. Solo quedaba esperar y encomendarse a los dioses y a los demonios. La esperanza es lo último que se pierde suelen decir hasta el cansancio. Debe ser verdad. Mientras tanto podía disfrutar de la compañía de las chicas que conservaban mejor humor a pesar de las circunstancias.

A la sesión de maquillaje siguieron fotos y grabaciones de la voz. Le hicieron leer varios textos.

—El timbre no es igual, tal vez se note.

—Debe imitar la voz de Villena.

El doctor Arancibia estuvo varios días en estas sesiones preparativas. Alguien venía a recoger las fotos y los audios. En cada visita tenían que vendarse los ojos y esperar. Cada vez pedían mejorar algo. No terminaban de conformarse. Los nervios de las chicas les hacía cometer errores. Ellas también intuían que estaban condenadas.

CAPÍTULO XXV

El día del eclipse solar

El profesor Hidalgo se sorprendió cuando vio la imagen del general Villena en la pantalla del televisor del hotel El Porvenir «¡Maldita sea! ¿Qué carajo pasó?»

Se sentó en la mesa y se quedó mirando. La imagen se entrecortaba. La voz no se escuchaba con claridad. «¿Podrá ser que Aurelio se hubiese equivocado? Ya no se puede volver atrás. Luego prestó atención al contenido del comunicado. Lo estaban repitiendo en todos lados. Cadena Nacional. Los parlantes en la calle. La gente se asomaba a los balcones a escuchar. La voz de Salvador Villena sonaba distinta, pero el contenido absorbía toda la atención como para que pasara desapercibido.

—En la madrugada de este miércoles 30 de mayo, un grupo comando de las prestigiosas Fuerzas Armadas Argentina ha recuperado el territorio de las Islas Malvinas.

La gente no cabía en su asombro. No importaba que las imágenes se vieran borrosas y las voces entrecortadas. Las imperfecciones estaban hechas a propósito para que la gente no dudara de que quien aparecía en la pantalla era el general Salvador Villena.

—Los ingleses se rindieron. Hemos tomado Puerto Argentino sin disparar un solo tiro.

Imágenes del gobernador de las islas apresado. La información se interrumpía y luego repetían el mismo comunicado.

—¡La puta madre! —insultó el profesor Hidalgo confundido.

Sintió que una vez más terminarían fracasando en el intento de derrocar a los tiranos. Los rebeldes habían comenzado a movilizarse para atacar los centros claves, las Fuerzas Armadas, los centros clandestinos de tortura y desaparición de personas. La idea era que el pueblo al enterarse que Villena estaba muerto se les uniría. Temía que todo terminara en una masacre, como había sucedido otras veces.

El pueblo estaba enfervorizado. De pronto sintieron de nuevo el patriotismo en la sangre. Los militares habían tomado las islas Malvinas, le habían dado lo suyo a los ingleses. En forma espontánea se fueron congregando en la Plaza de Mayo. Desde la gente de los barrios de la élite hasta los miserables de las villas paupérrimas. Como cuando la selección de fútbol ganaba los partidos o un campeonato. Todos en la plaza sin distinción. Los señoritos perfumados y los mugrosos negros sin dientes de la villa. La euforia era completa. El aire se percibía denso en la muchedumbre. El día estaba espléndido. Una hermosa tarde otoñal. La temperatura agradable. Una leve brisa llegaba desde el mar y reconfortaba.

Los cánticos comenzaron a llenar los espacios de la ciudad. Se escuchaba a viva voz: «¡Villena! ¡Villena! ¡Villena!» los militares se entusiasmaron por el efecto que habían logrado en la población. La jugada maestra. Se podían perpetuar en el poder.

La euforia parece completa. Un milagro. La plaza está sucia. No han limpiado las suciedades de los pájaros. El olor apesta. La gente se ha acostumbrado. No les importa. Lo que ha sucedido enciende los residuos de su alma.

Alguien comentó:

—No están los pájaros.

—Cierto —afirmó otro—. Los pájaros no están. ¿Se habrán ido?

—Qué raro.

—¡Allí hay uno! —gritó un niño.

Si. Había uno solo. Estaba escondido en la copa de un árbol.

La euforia llegó a los integrantes de la junta. Se animaron a mostrar al Villena falso, el doble que habían preparado: el doctor Arancibia. Un helicóptero daba vueltas en círculo alrededor de la plaza tomando las vistas del gentío. No terminaban de creer el fenómeno que estaban observando.

Cuando el falso dictador se asomó al balcón y saludó con su mano derecha la plaza eclosionó: «¡Villena! ¡Villena! ¡Villena!». Mientras que otros gritaban: «¡El que no salta es un inglés!». Los comandantes de las Fuerzas Armadas hacían bromas sobre lo fácil que resultaba conducir a la manada. Pobres e incultos. Así debían permanecer. Así resultaba fácil manipularlos.

El profesor Hidalgo, apesadumbrado en el hotel El Porvenir, se había dado cuenta de que las imágenes que pasaban en la tele estaban truchadas. Eso le dio una luz de esperanza. Se convenció de que Villena estaba muerto. El tema era como hacer que la población se enterara con semejante circo que los militares habían montado. Parecía una misión imposible.

En el hemisferio norte se podía observar el eclipse solar anular. En el diario "El Contraste" solo apareció un pequeño artículo que todos pasaron por alto. Los pájaros parecían estar al tanto. Como si pudieran percibir los mensajes desde las antípodas. Vibraciones en la magnetósfera como los cantos de las ballenas en el océano. El mensaje del cielo. Los unos y los otros. La invisible matriz del Universo. Allí donde están colgadas las cosas que no vemos.

La brisa suave del mar se fue transformando en una densa niebla con los sabores agrios del océano. Las pestilencias de las mugres de los humanos. Tintes rosados se mezclaban entre los grises vaporosos. Una leve picazón en el cuerpo para subrayar que se trataba de algo insólito. La gente comenzó a refugiarse en las veredas y a sentir el deseo de regresar a casa.

—Vamos. Se está poniendo frío.

Había tanta gente que resultaba difícil desplazarse. Comenzaron los empujones.

Los ruidos de los cánticos y las voces de la euforia se interrumpieron con el fuerte estampido de la violenta caída del helicóptero en medio de la Plaza de Mayo. El ruido de la explosión y el fuego que sobrevino a la caída dejó a todos con la respiración agitada y la boca abierta. Siguió el griterío y las corridas de la gente. Desde el balcón de la Casa Rosada vieron los detalles de la caída del helicóptero. Atónitos fueron testigos de la arremetida de los pájaros que provocaron el accidente. Un torbellino de plumas negras y graznidos se mezclaron con el ruido del motor y las salpicaduras de sangre en la caída.

—¡Malditos bichos! —insultaron— Han derribado al helicóptero.

El doble del general Salvador Villena seguía saludando. Se había metido al dictador bajo la piel. La simulación cobraba vida. Los militares no sabían cómo detenerlo mientras el caos se iba apoderando de la plaza. Los parlantes seguían vociferando el comunicado sobre la toma de las islas Malvinas. Nadie lo escuchaba.

Los camiones de los bomberos y las ambulancias se abrieron paso entre la muchedumbre. Muchos muertos y heridos. Siguieron los aprestamientos para apagar los incendios y atender los lesionados.

A la niebla rosada siguieron las sombras. Como si la noche se hubiese levantado temprano. La oscuridad repentina hizo que todos alzaran los ojos hacia el cielo.

—¡Los pájaros! ¡Han regresado los pájaros!

—¿De dónde salieron tantos?

—¿Qué hacen?

—¡Están atacando a las personas!

La gente comenzó a escapar de la plaza. Se llevaban por delante entre ellos. Se pisaban. Una ola de pánico inundó al gentío. Los pájaros negros con cara de lobos atacaron a los militares del balcón, a los guardias, a los gendarmes, a los militares, a los empleados del gobierno. Algunos cargaban a sus presas en el pico. Uno de ellos soltó al falso dictador Villena en la plaza. La segunda muerte del tirano. En pocas horas dejaron un tendal de cadáveres. Los disparos desesperados de los guardias se perdían en el aire. Eran muchos. No tenían con qué darles.

Habían atacado por sorpresa. Las tinieblas y los vuelos rasantes de las aves hicieron que los bomberos y los médicos huyeran despavoridos y dejaran todo abandonado. Una llovizna rosada y picante, como si estuviera saturada de los piojillos de las aves terminó de convencer a la gente que debía huir. La atmósfera saturada se encargaría de apagar el fuego que no apagaron los bomberos.

El pintor Hidalgo seguía los acontecimientos en la pantalla del televisor del hotel. Había poca gente. Todavía no superaba la conmoción del aparente suicidio de la doctora Ayauca. La presentación del pintor había culminado con éxito. Había vendido varios cuadros, entre ellos la pintura de la profesora Ayauca a un precio increíble. El resto ya estaban de vuelta en su depósito en el quinto. El hotel lucía extraño sin el ruido de los ascensores y sin el transitar de los clientes de las chicas. Los escasos pasajeros se habían retirado. Las reservas se habían anulado.

De pronto la transmisión se interrumpió. La niebla se colaba a los espacios del hotel. El bullicio de la calle se transformaba en un angustiante silencio. El tráfico se reducía de a poco. Hidalgo decidió salir para ver que estaba sucediendo. Las luces de la calle apenas se veían opacadas por la niebla. Se fue acercando a la plaza caminando lo más pegado posible a los edificios y constatando que nadie lo seguía. Se encontraba con la gente que venía escapando en dirección contraria. Imposible preguntarles. Llevaban el infierno pintado en sus rostros. Aletazos y graznidos parecían ser los únicos habitantes sonoros de las calles. Luces macilentas en la Casa Rosada. A medida que encontraba los cadáveres la respiración del pintor se agitaba.

Hidalgo pensó que la niebla había matado a la gente. Se cubrió la nariz con un pañuelo. Los pájaros ya no estaban. Solo quedaban unos pocos camuflados en los edificios y las copas de los árboles. En el medio de la plaza se alcanzaban a ver los restos del helicóptero y la quemazón del incendio que ya se había apagado. El camión de los bomberos y las ambulancias permanecían en sus sitios. Nada se movía. El concierto era uno solo de cadáveres. Predominaban los uniformes de gendarmes y de las Fuerzas Armadas. Alcanzó a distinguir al general Villena con su uniforme de gala. El dictador que murió dos veces estaba tirado en la plaza.

—¿Qué carajo ha pasado? —se preguntó muchas veces el profesor Hidalgo.

La noche comenzaba a arropar la oscuridad que había iniciado la bruma.

—¿Dónde se metió toda la gente?

El miedo pavimentaba escalofríos en el agitado cuerpo del pintor. Sin comprender la causa del desastre se apuró a regresar para cobijarse de nuevo en el cuarto del hotel. Sensaciones extrañas habían invadido a su cuerpo.

CAPÍTULO XXVI

El gran apagón el día siguiente del último eclipse solar del siglo XX

En las últimas cuadras del apurado regreso de Hidalgo al hotel el miedo no alcanzaba a contener los gritos que pujaban por salir. Se pegaba más a la pared tratando de evitar que lo tocaran las lenguas de la noche. Se sintió miserable por no soportar el miedo.

A una cuadra del hotel se sintieron fuertes explosiones y luego sobrevino un gran apagón. Siguieron gritos y luego el abismo de un silencio sin formas ni dimensiones. Ningún vehículo circulaba por la calle. Irrumpieron los ruidos de algunos motores que arrancaban. Eran los sonidos de los grupos electrógenos. Ladridos oscuros de perros y el ulular del viento que a veces jugueteaba con alguna ventana. Hidalgo empujó la puerta del hotel. Parecía estar bloqueada por dentro.

—¡Maldito pelotudo! —insultó pensando que el conserje llorón la había cerrado por dentro.

La idea de quedarse afuera le erizaba aun más la piel. Las escenas que había visto tenían la firma del Apocalipsis. A esas alturas había perdido la esperanza de que los rebeldes tomaran el poder. Seguía pensando que la gente había muerto por la niebla densa y rosada que llenaba los poros de la ciudad. Temía que le hubiera dañado también a él. Procuraba mantener el pañuelo en la nariz.

Golpeó la puerta del hotel con todas sus fuerzas. Lamentó haber salido a realizar esa recorrida. La curiosidad lo había traicionado. Entonces se abrió la puerta del hotel. Del otro lado apareció Damián con una lámpara de kerosene en la mano.

—¡Profesor Hidalgo! ¿Qué hace a estas horas afuera?

—¿Acaso no me viste salir?

La recepción y el bar del hotel estaban iluminadas por una serie de velas y un par de lámparas. No había nadie en las mesas de bar.

—Creí que estaba en su cuarto —le dice Damián mientras cierra de nuevo la puerta de entrada con seguro—. Se ha cortado la luz en todos lados.

—¿No sabes qué ha pasado?

—Las comunicaciones están cortadas.

—¿Y las radios? ¿No has prendido la radio?

—Solo hay radios de afuera.

Damián le dio una vela para que se trasladara hasta su cuarto. Tuvo que subir las escaleras. Le costó trepar. Estaba cansado. La angustia había terminado de disipar las últimas gotas de sueño que habitaban la intemperie de su interior. Se acercó al balcón para observar la ciudad. Buscaba con desesperación una pista que le indicara qué había sucedido. La oscuridad y el silencio no se parecía a nada de lo que había visto durante su vida. El silencio era tan profundo que permitía a escuchar algunas voces de algunas personas que como él discutían sobre lo qué estaba pasando. La tenebrosidad era tan persistente que se alcanzaban a ver las luces de algunas velas en los otros edificios.

No le quedó otra que recostarse en la cama y esperar. La misma decisión tomaban todos. Entonces el silencio y las sombras se adueñaron por completo de la ciudad. No tardó en dormirse. El agotamiento de su cuerpo se lo pedía.

Cuando despertó seguían las tinieblas en el cuarto. Pensó que aún sería de noche. Luego vio el reloj sobre la mesita de luz que indicaba las cinco de la tarde. Se incorporó. «¿Cómo pude haber dormido tanto?». El día parecía nublado. El frío se colaba por las uniones de la ventana y los vidrios. La calefacción no estaba encendida. De a poco se fue haciendo consciente de los ruidos. Alguien estaba moviendo las sillas en el cuarto de arriba: «Las hermanas Arena» pensó «Parece que están las hermanas Arena». Lo mejor sería levantarse y subir al cuarto de las ancianas para enterarse de lo sucedido. «Deben tener novedades». Luego se dio cuenta de los ruidos de la calle. Parecía que había algún tránsito. Se asomó a la ventana del balcón. Observó a gente caminando por las veredas y algunos vehículos que pasaban. «Parece que todo ha vuelto a la normalidad». Vio pasar un unimog como los que siempre pasaban llenos de cadáveres de pájaros y de humanos. Se convenció de que los milicos habían retomado las tareas de limpieza. La energía eléctrica aún no había retornado.

Se lavó la cara para terminar de despertarse. El silencio del ascensor indicaba que la energía no se había restablecido. Subió hasta el sexto piso y tocó la puerta de la habitación de las hermanas Arena.

Alguien le abrió y se introdujo a la pieza, chequeando hacia todos lados que nadie lo estaba mirando.

—¡Eugenia! ¿Cómo estás? —preguntó una vez adentro.

—Bien, Hidalgo.

En el sillón Antonia tejía.

—Hola, Hidalgo.

—Antonia.

El profesor Hidalgo se sentó a la mesa mientras Eugenia terminaba de preparar un té.

—Novedades —requirió.

—Se cortaron las comunicaciones.

—*Los Tostados* están en camino.

—Pero ¿Quiénes están levantando los cadáveres? ¿No son los milicos?

—¿No lo notaste? Son los nuestros. Están ocupando todos los cuarteles.

—Los milicos están diezmados. Los rebeldes no encontraron resistencia. Solo algunos grupos de sobrevivientes que intentaban reagruparse.

Hidalgo no terminaba de entender. ¿Cómo habían podido controlar todos los sectores?

—En algún lugar de Buenos Aires, el comandante Sombrero ha construido el Cuartel General. Desde allí está dirigiendo todos los movimientos.

La imagen del comandante Sombrero se instaló en el cerebro de Hidalgo. Le había llamado la atención aquel líder tan carismático. No comprendía cómo podía conjugarse su pequeña estatura con su voz tan potente. La rapidez para tomar las decisiones. Pragmático. Implacable. Cortaba por lo sano. Todos comentaban como se la jugaba con los traidores. Todos sentían la seguridad que con el comandante Sombrero no quedaría villano en pie. Su increíble puntería. Su habilidad para hacerse invisible y aparecerse de pronto en cualquier parte. Sus aliados se sentían protegidos. Los enemigos temblaban. Rasgos indígenas. El pelo largo atado. Un pañuelo multicolor en el cuello. Un uniforme roto en varias partes. La mirada intensa. Los dientes apretados. Todos quedaban prendidos de su magnetismo. También el profesor Hidalgo. Parecía contener quinientos años de resistencia entre sus venas.

—¿Cómo pudo…? —intentó preguntar de nuevo Hidalgo.

Antonia sin descuidar la atenta observación de su tejido no lo dejó terminar.

—Fueron los pájaros. Ellos hicieron el trabajo. Vinieron a cumplir la profecía de los *Kaayonas*.

Hidalgo no daba crédito a la profecía. Las leyendas son leyendas. Imaginación de la gente. No pueden interferir con la realidad.

Eugenia le servía un té a Hidalgo. Clarito, como le gustaba, con dos cucharadas de azúcar. Cada expresión de una de las hermanas completaba la observación de la otra, como si fueran una. Cada movimiento parecía coordinado.

—Ahora se han ido. Solo han quedado unos pocos. Se han retirado a los bosques y a la montaña.

—Tu no crees en los pájaros, pero los pintas.

La naturaleza había venido a concretar lo que los humanos enfermos de *humanosmia* no podían realizar.

—En algún momento vendrá el capitán Ambrosio.
—Quiere ver lo que hay en el séptimo. Tendrás que guiarlo.

Hidalgo se levantó apenas terminó su té.
—Será mejor que nos separemos. Que no nos vean juntos. No me fío que todo esté controlado.

El pintor bajó por las escaleras haciendo el menor ruido posible. La historia de las hermanas Arena no le resultaba verosímil. Quería comprobar si los que estaban levantando los cadáveres eran los militares que respondían a la junta.

Salió a las calles. Caminó unas cuadras. Había movimiento. La plaza estaba despejada. Habían retirado los camiones de los bomberos y las ambulancias. Aún quedaban los restos del helicóptero. Los camiones militares iban y venían. Los vehículos de gendarmería estaban en todos lados. Sin embargo, había muchos sin uniformes y otros con uniformes distintos. No eran los militares ni los gendarmes los que realizaban las tareas de limpieza. ¿Quiénes eran?

De pronto un camión se detiene. Sus integrantes bajan. Son mas de diez. Hidalgo se esconde detrás de la columna de un edificio. Llevan a alguien con los brazos atados y los ojos vendados. En un instante lo colocan contra las vallas que recubren parcialmente la entrada a la Casa Rosada. Se forma una fila de soldados con fusiles. Alguien da la orden: «¡Apunten! ¡Fuego!». El infeliz queda tirado en el piso. Los fusiladores gritan: «¡Viva la patria! ¡Viva el comandante Sombrero»! Suben de nuevo al camión y se van.

Hidalgo se queda con la boca abierta. Se apoya en la pared. No puede creer lo que ha visto: ¡*Los Tostados* han tomado el poder! Era verdad lo que decían las hermanas Arena. Se sienta un rato en el piso hasta que se recupera.

CAPÍTULO XXVII

Los Tostados

Décadas atrás, un grupo rebelde se hizo conocido por propinar un par de ataques a los militares. Los asaltos fueron certeros en los cuarteles del interior. La sorpresa les facilitó el éxito. Se apropiaron de armas y se hicieron conocidos por la gente. En las siguientes escaramuzas no les fue tan bien. El factor sorpresa no funcionó. Tuvieron que replegarse al interior, a los páramos, las montañas y las selvas. A los lugares donde la naturaleza podía ofrecerle cobertura. Cesaron los ataques, pero fueron desplegando sus redes clandestinas en el campo y en las ciudades. Aprendieron a invisibilizarse. La gente comenzó a llamarlos *Los Tostados* por el color de su piel. Pómulos apretados, ojos hundidos, el pelo largo y negro. La costumbre de vestirse con muchos colores como si su bandera fuera el arco iris y su patria la naturaleza. Los que tenían firmes el sistema inmunológico y sobrevivían a los embates de la *humanosmia*. No estaban secundados por los cánticos de las marchas militares. En sus arremetidas llevaban la cumbia, pero no la cumbia que se escucha en los barrios de las villas periféricas. Una cumbia profunda, ancestral. Los movimientos de sus ataques seguían su ritmo. Como si estuvieran bailando en el medio de un ritual.

Las redes clandestinas de *Los Tostados* se fueron extendiendo. Se infiltraron en los sectores claves del poder. Planeaban ataques puntuales y desaparecían en forma rápida. Comenzaron a infundir miedo en las huestes cobardes de la dictadura, las que estaban acostumbradas a atacar gente indefensa y vulnerable. La amenaza de su presencia suscitaba un gran movimiento en los cuarteles. Los rumores agitaban el caos. Crecía la leyenda del líder: un comandante indígena que no le tenía miedo a la muerte. Nadie lo había visto. Por eso lo describían de distintas maneras. Los soldados de la guardia temblaban. En el cuartel se suspendían las visitas de las mujeres de la villa que cambiaban sexo por un plato del rancho. *Los Tostados* podían aparecerse por cualquier parte, en cualquier momento.

Mas allá del mito no lograban dar golpes importantes. Los militares se esforzaban por combatirlos. Es por eso por lo que resurgieron los métodos que utilizaban en los primeros tiempos del golpe militar: la tortura y la desaparición de las personas. La caza de bruja seguía vigente. Los sofisticados métodos de la inquisición y los laboratorios nazis con sus innovaciones tecnológicas se ponían a tono para combatir al enemigo: todo aquel que pensara distinto.

Los Tostados fueron delineando un plan para hacerse con el poder y gobernar con la autoridad de la dictadura del proletariado. La fuerza necesaria para mantener el orden y arremeter contra los poderosos. Las ideas del líder. Recuperar las tierras que les habían arrebatado a sus antepasados. Ponerlas a disposición de la gente. Cooperar y repartir. Guardar para las épocas de sequía como hacían sus ancestros originarios. Crear una Asamblea Popular para reemplazar el poder legislativo y Tribunales Populares para los juicios sumarios a los sátrapas y traidores. La gente los apoyaría. Estaban acostumbrados a ser dirigidos por un tirano. Si el dictador les garantizaba el bienestar y les brindaba oportunidades mínimas a sus vidas miserables, terminarían adorándolo. Cuando los poderosos quisieran reaccionar sería tarde.

La noticia de que el dictador Salvador Villena estaba muerto era la oportunidad que estaban esperando. No tenían con quien reemplazarlo. Solo había que coordinar los ataques. No sería sencillo. Sus fuerzas eran inferiores a las del gobierno que, además, estaban repartidas por todo el territorio. Se jugaban a descabezarlo y hacerse fuertes a partir de allí. Nunca supieron que contarían con unos aliados providenciales que habían desembarcado desde los confines de otros tiempos para consumar una venganza pendiente. Los rulos de la historia que como un río va por donde quiere. Desborda. Rompe los diques y retorna a sus cauces naturales.

Los mensajes de los cuadros de la exposición del Pintor Hidalgo llegaron al cuartel general del comandante Sombrero. Las cámaras subterráneas de un valle en la montaña selvática del norte del país. *Los Tostados* comenzaron a movilizarse. En el camino fueron sumando fuerzas.

Los primeros enfrentamientos les permitieron controlar la situación y hacerse con armamento. También sumaron soldados. Las siguientes operaciones comenzaron a complicarse. El rumor del avance de *Los Tostados* hizo que todos se fueran preparando. Lo que no pudieron prever fue el ataque de los pájaros el día del último eclipse solar anular del siglo veinte.

Encontraron los cuarteles diezmados. Pequeños grupos de sobrevivientes que intentaban en vano reagruparse. No encontraban a los jefes. Nadie se animaba a tomar el mando. Los infiltrados de *Los Tostados* colaboraban con el colapso generalizado. Algunos soldados se rendían o se pasaban directo a los grupos rebeldes. Instinto de supervivencia. El miedo los llevaba a jurar que estaban en contra de los milicos. La toma completa del poder solo necesitaba tiempo. Los pájaros habían derrotado a los opresores centenarios, a los títeres que vestían las ropas de la autoridad y a los poderosos que ostentaban el poder real: las familias de alcurnia que habían arrebatado el territorio a los pueblos originarios y dejaron su herencia a sus familiares. Luego las exóticas aves de rapiña se habían retirado a los bosques y selvas de la montaña. Buscarían algún lugar que les permitiera leer los mensajes del cielo. Cerca de las montañas. Cerca de las misteriosas Cimas Azules, sus volcanes de azufre y sus glaciares. La Piedra del Oráculo al lado del lago de azufre. Allí donde el magnetismo les trasmitía las vibraciones del espacio profundo. Allí donde estaban todos los ancestros.

.

CAPÍTULO XXVIII

Los laboratorios del séptimo piso

De vuelta en el hotel, Hidalgo debe pensar cómo organizar su vida a partir de ahora. No tiene sentido que siga hospedándose ahí. Su misión ha terminado. Pensamientos similares se arriman a las mentes de las chicas del segundo. ¿Qué será del hotel luego del desprestigio del suicidio de la doctora Ayauca y los procesos de Ramiro e Ismael? Los tiempos que se avecinan son inciertos.

A las ocho de la tarde se restablece la conexión de energía. Las luces regresan al bar. Es el lugar que han elegido para reunirse los pocos integrantes del hotel. Allí está Damián con los nervios de siempre. Alicia deprimida por el destino de Ramiro. Dolores preocupada por el futuro del hotel y un par de chicas del segundo sorprendidas en el hotel en el momento del apagón.

Esperan que aparezca alguna novedad sobre la pantalla. Lo primero que se muestra es la imagen del escudo argentino y la difusión de música clásica. Luego aparece una bandera multicolor junto con la bandera argentina. Escuetos mensajes que indican que los grupos rebeldes han tomado el poder. La figura del nuevo jefe de estado: el comandante Sombrero. Se ha restablecido el flujo eléctrico y alientan a la gente a continuar con las actividades cotidianas en paz.

—¿Qué está pasando? —pregunta sorprendida Dolores.

—¿Es verdad que han derrocado a Villena?

La pantalla de la televisión sigue emitiendo imágenes. De pronto aparece el cadáver de Salvador Villena con su traje de gala, el mismo que habían visto en los balcones de la Casa Rosada antes que se desplomara el helicóptero. La información es confusa. Al rostro del dictador le falta medio bigote. Hidalgo recuerda el cuerpo que vio en la Plaza de Mayo.

—Es un doble —se apura a decir—. El dictador ya había muerto antes. A este lo vi en la Plaza de Mayo.

Todo es confusión en la gente. Los que salieron corriendo de la Plaza de Mayo recuerdan una niebla que vino del mar y luego la oscuridad. No saben lo que pasó. Algunos hablan de los vuelos rasantes de los pájaros.

—Los pájaros negros atacaron a la gente.

Las versiones se distorsionan. Los Tostados informan que la dictadura nunca tomó las Islas Malvinas. Eran imágenes truchadas. La narrativa para perpetuarse en el poder. Luego muestran imágenes de soldados que están buscando en las fosas de la barranca al verdadero cadáver de Salvador Villena, muerto semanas atrás.

La visita del Capitán Ambrosio al hotel El Porvenir interrumpe las confusas charlas de los que permanecían en el bar. Viene acompañado de un grupo de soldados. Se presenta como militante de *Los Tostados* y pregunta en forma directamente por Hidalgo Horabuena. Las hermanas Arenas aparecen cuando el ascensor se detiene en la planta baja.

A Damián comienzan a cerrarle las sospechas que lo habían atormentado. Las hermanas Arena y el pintor Hidalgo. Si. Era evidente que trabajaban para los rebeldes. Solo le queda hacerse el distraído. Si sospechan que estuvo pasando datos a los gendarmes estará perdido. En la televisión comienzan a aparecer las listas de los condenados. Los Tribunales populares están funcionando. Juicios expeditivos para los que han estado involucrados con el poder de facto. Están decididos a cortar por lo sano.

El capitán Ambrosio saluda a Hidalgo ante el asombro del resto.

—Necesito que me ayude a inspeccionar el séptimo piso.

Alicia y Dolores no entienden lo que pasa. Piensan que vienen por las pesquisas del suicidio de Ayauca.

—Tenemos que entrar por la calle Suipacha —aclara Hidalgo— No se puede acceder por el hotel.

—Vamos entonces por la entrada de la calle Suipacha.

Damián se ofrece para ayudar.

—Mejor te quedas aquí, Damián —le dice Hidalgo.

Sonó como una orden. Le quedó claro que el pintor sabía todo lo que estaba pasando.

Tienen que romper cerraduras para acceder al séptimo piso. La apertura de las instalaciones les revela un sofisticado laboratorio de torturas.

—Sospecho que estuve aquí cuando me detuvieron. Hay ruidos que me resultan familiares.

—¿Cómo fue que logró escapar?
—Nunca lo supe. Alguien me debe haber reconocido y me salvó.
—¿Alguien de la dictadura?
—Eso creo. Había gente que ayudaba a los detenidos. Salvaron a muchos. Estaban obligados a cumplir las órdenes, pero cuando podían liberar a alguien lo hacían.

Un silencio se extendió el tiempo que Hidalgo necesitaba respirar. Los recuerdos eran difíciles de asimilar.

—Desperté desnudo tirado a la orilla del río. Tenía el culo sangrando y unas costillas rotas.
—¿No tiene idea de quién pudo ser quién lo ayudó?
—Estuve siempre con los ojos vendados. Había distintos tonos de voces.
—Tenían que ser discretos. Se jugaban sus vidas.
—Tal vez algunos de ellos terminen fusilados.
—Son los daños colaterales de los juicios sumarios.

—Me ayudaron unos paisanos de la provincia. Tampoco me dijeron sus nombres. Fue ahí donde nació el pintor Hidalgo. Me costó restablecer el contacto con los rebeldes.

Las hermanas Arenas están presentes en la inspección. Se muestran activas. Han dejado sus telas y se dedican a tomar fotos de todos lados. El Capitán Ambrosio parece acostumbrado a interactuar con ellas.

—Creo que en esta sala me picanearon.
—Las paredes están construidas para aislar el sonido.

En los baños había piletas de acero inoxidables.
—Acá deben haber reducido a más de un cuerpo.

Todas las ventanas se habían anulado. Los interiores estaban aislados. No encontraron restos de personas. Picanas, vajilla, grilletes, cadenas, sogas, restos de medicamentos y jeringas. Televisores y equipos de música. Muchas cosas quedaban para la imaginación.

—Habrá que reservar este espacio para los investigadores.
—Si, capitán. Esto nos supera.
—Tendremos que restringir el acceso.
—Mantendremos el lugar como museo. Se lo exigiremos a los dueños del hotel.

Uno de los cuartos lucía diferente al resto. Parecía un burdel de lujo.
—Aquí traerían a las chicas que secuestraban.
—Algunas serían del grupo de los rebeldes. Otras serían las que apresaban en las cercanías de los cuarteles.
—Aquí tendrían las fiestas los militares.

Les llevaría tiempo a *Los Tostados* normalizar el país. Reinaba la confusión en la gente. En poco tiempo se multiplicaron. La lista de los genocidas parecía no terminar jamás. Llegó el tiempo de las ollas populares en las plazas y en los barrios. Los soldados irrumpían en los supermercados minoristas y mayoristas, las grandes cadenas, recogían lo necesario para que las ollas estuvieran llenas en todos lados. Brigadas se encargaban de expropiar las fincas mal habidas de los terratenientes. Siguió un crecimiento desordenado de las granjas y de las cooperativas. Chocaban con el disgusto de los poderosos y la reducida clase media que alcanzaba a arañar los privilegios. Los viejos prejuicios impedían aceptar que los desposeídos tuvieran un papel activo en la sociedad. El nuevo gobierno crecía a los tropezones. Aprendía de los errores. No tenía mucho tiempo. Debía consolidarse antes de que comenzaran a aparecer los traidores y antes de que los corruptos consolidaran sus redes para hacerlas indestructibles. La historia se construye con experimentos, similar a como se construye la vida. Lo que funciona prevalece de igual manera que la evolución de las especies. No existe el bien y el mal. Es solo la interpretación de humanos. No hay garantía de que se pueda lograr una sociedad saludable y justa. No hay certezas de cómo les fue a *Los Tostados*.

La gente nunca pudo entender qué sucedió con los pájaros. Nadie escribió sobre eso. Los libros de historia nos cuentan una historia sesgada que nada tiene que ver con la realidad. Describen lo que rescataron los poderosos o lo que prefieren las multitudes enfervorizadas. Héroes y bandidos que mutan los roles de acuerdo con quien tenga el poder. Pilas de documentos que el tiempo irá convirtiendo en polvo.

CAPÍTULO XXIX

El regreso de Aurelio

El abuelo extrañaba a Aurelio. No sabía lo que había pasado. Le preguntó al cura, pero solo le respondió con vueltas. Temía lo peor. Estaba al tanto de los últimos comunicados de la junta. Hacía tiempo que habían dejado de pasar los camiones cargados de pájaros.

Aquella mañana lo despertó el ruido de un motor. Estaba débil. Hacía tiempo que solo cenaba una taza de mate cocido y un poco de pan. «Debo estar anémico». Supuso. Se asomó a la loma para mirar. Apenas aparecían los primeros rayos del sol. En efecto, venían los camiones. «Volvieron los milicos con las matanzas de pájaros. Creí que ya los habían exterminado».

Era un camión grande, pero no transportaban cadáveres de pájaros. Eran cadáveres humanos. Aun con las sombras que quedaban en la noche se podía observar que el camión estaba adornado con los colores del arco iris colgados en todas partes. Arriba de la pila de muertos, como si celebrara la autoría de los crímenes un tremendo pajarraco con cara de lobo.

—¿Qué carajos está pasando?

Lo más insólito aún estaba por suceder. El camión se detuvo en el frente de la casa. El abuelo pensó que esta vez lo venían a buscar a él. Quiso escapar, pero no tuvo tiempo. Del camión Unimog grande bajó Aurelio.

Apenas lo reconoció, salió a su encuentro para abrazarlo con alegría. Su cabeza a punto de explotar no alcanzaba a darse cuenta de lo que estaba pasando.

—¿Ahora estás con los milicos? ¿Qué ha pasado?

—No son los milicos, abuelo. Son *Los Tostados*. El comandante Sombrero ha tomado el poder. Ahora gobernamos los pobres.

—¿*Los Tostados*? ¿Quiénes son *Los Tostados*?

—¿No ha visto la televisión?

—Te estuve buscando, Aurelio. No sabía lo que te había pasado. Fui a preguntarle al cura. ¿Qué están haciendo ahora?

—Recién pasamos por la iglesia, abuelo. El cura era un traidor. Era informante de los milicos. Acabamos de fusilarlo.

Las órbitas de los ojos del abuelo se extendieron más allá de lo que podían. Sintió la boca amarga. Se pellizcó para comprobar que no estaba soñando. ¡Habían fusilado al cura!

—Llevamos a las fosas a los fusilados. Le estamos dando de su medicina.

—No puedo creer en lo que te has convertido.

Un graznido aterrador del pajarraco que acompañaba la carga le hizo recordar que debía seguir con sus tareas.

Antes de despedirse de su abuelo intentó una explicación.

—Es necesario, abuelo. Es la dictadura del proletariado. Ahora el presidente es *El Corto*, el comandante Sombrero. Él está a favor de los pobres.

Aurelio se subió de nuevo al camión después de un último saludo. Tenían que continuar con sus tareas.

El abuelo se quedó preocupado. No se imaginó que Aurelio terminaría siendo esbirro de la dictadura. No diferenciaba entre unos y otros. Los mismos camiones llevando cadáveres. Habían matado al cura. Sentía aprecio por el padre. Muchas veces había ido a comer a la iglesia. Ignoraba que ese cura había sido el entregador de Aurelio a los milicos. Su sentencia de muerte que solo pudo evitarse por una casualidad. Ah, y los pájaros. Tenemos tendencia a menospreciar la labor de los pájaros.

Recogió un par de huevos. Ese sería su almuerzo:

—Estas putas gallinas ya ni ponen. Las tendré que echar a la olla.

Cocinó los huevos mientras miraba la tele en blanco y negro. Le enfadaba que la gente saliera a vivar a la junta.

Había seguido los acontecimientos en la tele. No terminaba de entender lo que sucedía. La plaza seguía llena de gente, pero el muñeco que se asomó al balcón representando al presidente Salvador Villena había sido sustituido por el recorte de la silueta de músculos cobrizos tallados en piedra que lucía el comandante Sombrero.

—¿Para qué querrán esas islas si igual se cagan de hambre?

Las imágenes que alternaban los sucesos de la toma de las Malvinas con la figura maquillada del falso dictador y las tomas de la plaza llena, apoyando a la dictadura se habían interrumpido por la abrupta caída del helicóptero atacado por los pájaros. Demasiados acontecimientos juntos no cabían en su mente. Se sentía mareado y somnoliento por la debilidad.

No sintió el ruido del motor del camión que pasaba de vuelta luego de haber arrojado a las fosas que habían construido los mismos militares. Entró Aurelio. Con su borrosa visión vio que estaba exaltado. Grandes dosis de adrenalina recorrían su cuerpo. Lo llenaban de vigor y de felicidad. Eso le desagradaba. No lo entendía. Suponía que estaba mal.

Aurelio dejó un fajo de billetes sobre la mesa.

—Se acabó la miseria, abuelo. Iré a comprar comida y una bicicleta. Quiero ir a la laguna. Tengo unos días de descanso.

Nada le parecía bien al abuelo. Su cuerpo se agitaba con un corazón acelerado. ¿De dónde habría sacado esa plata? ¿En qué lío estaba metido? Aurelio se esforzaba por quitarle la preocupación al abuelo.

—Tranquilo, Abu. Todo está bien. Ahora estamos en el gobierno. El comandante Sombrero es el nuevo presidente. Ya no están los milicos.

—Pero siguen matando gente.

—No son gente, abuelo. Son mierda. A la mierda hay que limpiarla. El comandante es inflexible con eso.

Se fue calmando un poco. No tenía puntos de referencias para poder juzgar. Sus conclusiones no serían las correctas. Algo le decía que tenía que dejarlo pasar, aunque algunas cosas no le gustaran. Aurelio estaba vivo. Eso era lo que le importaba.

CAPÍTULO XXX

El beso pixelado

Le costó mucho a Rocío decidirse para ir a visitar a Ramiro a la cárcel. Sus sentimientos con respecto al cachorro de las prostitutas estaban en conflicto. Le enojaba el Ramiro soberbio que la acosaba en los espacios del hotel. Le atraía el chico perdido y desolado que descubrió en la exposición de cuadros de Hidalgo. ¿Cuál era el verdadero? ¿Qué responsabilidad tenía en la muerte de la doctora Ayauca? Mezclas de curiosidad y afectos. Pensó que se iba a encontrar con el chico de la exposición en la cárcel. Debía estar deprimido. Tal vez estaba pagando una culpa que no merecía. Sabía que su madre iba a visitarlo y las chicas del segundo también.

El hotel El porvenir era un recuerdo. Dolores lo había vendido. Lo estaban remodelando para transformarlo en un hotel moderno. Le cambiarían el nombre. Nada que haga recordar aquella imagen decadente de la dictadura. Se conservaría el séptimo piso como museo de la tortura igual que muchos otros sitios que los militares usaron para desaparecer personas durante la oscura época de los militares.

Dolores había montado un taller de costuras. Allí trabajaban sus chicas. También Alicia. Los indicios en la mejora de la economía del país les daban esperanzas de que podrían vivir bien con ese emprendimiento.

El profesor Hidalgo se había mudado a una casa en la provincia, cerca de la laguna, donde todas las tardes iba a pintar. Había cambiado los modelos humanos y los pájaros de la revolución por el paisaje natural. Ahora se dedicaba a pintar el ocaso. A veces Rocío lo visitaba y lo acompañaba a delinear sus cuadros. El profesor Hidalgo le ayudaba para que completara el secundario. Luego pensaba seguir alguna carrera relacionada con las artes. La marca que le había dejado el maestro era profunda.

Un largo viaje en ómnibus hasta el penal le permitió imaginar muchas veces como sería el encuentro. Pensó en el Ramiro desconsolado de la exposición. Supuso que la visita sería un largo itinerario de revisiones y una tediosa espera. Sin embargo, todo se desarrolló sin inconvenientes y al fin estuvo frente a Ramiro en una amplia sala en donde tenían lugar las visitas. Ramiro lucía alegre y sorprendido.

—Jamás pensé que vendrías a verme. ¿Por qué lo hiciste?

Lejos de un chiquillo apesadumbrado le pareció un joven maduro.

—Lo pensé muchas veces. Me quedé impactada cuando te llevaron. ¿Cómo estás?

—Estoy bien acá. Mejor de lo que imaginas.

Era el sector de la cárcel donde están los presos comunes con mejores conductas.

—Este es un lugar privilegiado. Me salvaron las plantas de marihuana.

—¿Te detuvieron por las plantas?

—No. Tal vez sí.

Era muy extraño verlo sonreír. No parecía preocuparle estar cumpliendo una condena. La ansiedad expresada en el rostro de Rocío exigía una explicación detallada. Ramiro le explicó con paciencia respondiendo a todas sus preguntas.

Lo habían condenado por la muerte de la doctora Ayauca. Sus huellas se encontraron en todas partes, su ropa con sangre en su cuarto. No estaban sus huellas en el cuchillo que había producido el corte letal. La muerte se produjo mientras estuvo allí. No quiso revelarle los detalles de su lado oscuro. Nunca supo lo que le sucedió con la sangre y tenía miedo de lo que había descubierto. Sabía que debía evitar ver sangre. Era algo que lo transformaba. Despertaba a la bestia de su interior. En la cárcel se cruzó varias veces con Ismael. También lo condenaron, pero salió en seguida. Todas las veces que se encontraron ni siquiera se saludaron. Odiaba al funcionario del noveno que lo había arrastrado a la trampa. Tampoco las huellas de Ismael estaban en el cuchillo.

Cuando lo detuvieron lo fue a ver el director del penal de los Abrojos. Tuvo una larga charla con aquel hombre.

—Te van a dar una condena menor. Saldrás en unos pocos años.

El interés del director era otro.

—Te necesito en el penal. Estarás bien allí.

El director quería realizar un experimento con los presos. Necesitaba alguien que supiera cultivar la marihuana. Esa fue su actividad en la cárcel.

—Le preguntaré al guardia si te puedo mostrar el huerto.

Ramiro llevó a Rocío a mostrarle el huerto de la cárcel. El joven la condujo al invernadero. Recorrieron senderos en donde las plantaciones de marihuana y de todo tipo de hortalizas se desarrollaban con esplendor.

—Me paso el tiempo aquí. Esto es un paraíso.

—Pero ¿Qué hacen con las plantas?

—Se producen sustancias con la que tratan a los presos. Dice que logran encauzar sus conductas. Hay programas de educación. Todos estamos aprendiendo. Cuando salga seguiré en la universidad, pero continuaré vinculado a este experimento.

A Rocío le quedaron muchas dudas con ese proyecto. Se inclinó a pensar que solo eran cultivos clandestinos. Un negocio escondido entre los muros de la cárcel.

—*Los Tostados* tienen ideas progresistas. Son duros con los traidores a la patria, pero se preocupan por el bienestar de los presos comunes.

—¿Te vienen a visitar?

—Si. Mi madre y sus amigas vienen siempre.

Entonces fue Rocío la que imaginó orgías desenfrenadas. No entendió por qué le preocupaba.

Las últimas imágenes se cortan. Estamos en el límite de la ventana que nos permite el zoom de esta historia.

—Pensé en traerte un libro, algo rico para comer, al fin llegué con las manos vacías.

—No te preocupes. Acá tenemos una biblioteca y nos

alimentamos bien. El mejor regalo es tu presencia.

—Será la próxima.

Nos quedamos con la última imagen pixelada. Parece que se dan un beso de despedida. No se alcanza a ver bien. La historia está llena de esas imágenes grises y amarillas que se borran con el tiempo. Cuesta creer que esas nostálgicas escenas hayan estado llenas de tanta vida. Se han terminado las imágenes, pero la historia continúa en otra parte. Son ríos que se abren paso y se replican miles, millones de veces. Creo que ni ellos saben a dónde se dirigen.

Esta historia caerá en olvido como tantas otras. No tendremos las ventanas para observar el detalle difuso de su entramado. Tal vez en el futuro lejano podremos revisar la pila de sedimentos aluviales en que se habrá convertido el barranco de las fosas. Descubriremos el nivel de los entierros. Les llamaremos el horizonte de los pájaros por la cantidad de fósiles que encontraremos en esos niveles. Tal vez hallemos alguna pista que nos conduzca a imaginar la revolución de los pájaros. Tal vez en el futuro encontremos restos del ascensor del antiguo hotel. Podremos revisar sus capas de grasa mezcladas con las partículas de los personajes que lo frecuentaron y delinear alguna historia que poco tendrá que ver con lo que sucedió. Tal vez todo se pierda como todas las cosas en las inmensas sombras del Universo subrayando una vez más que poco importa saber lo que haya pasado.

EPÍLOGO

La profecía

El camino fue largo. El chamán de la tribu de los *Kaayonas* ha recorrido un largo viaje desde la selva amazónica hasta las Cimas Azules. Una larga caminata. Un sendero intrincado. Primero las tierras negras, luego las rojas, al fin las amarillas. Quiere llegar a la Piedra del Oráculo para el día del equinoccio de primavera. La piedra tiene forma de águila y está ubicada al lado de un lago de aguas verdes y amarillas por la gran cantidad de azufre en la región. Es un lugar sagrado. Allí estará varios días consumiendo agua, hojas de coca y fumando una hierba que muele en un cuenco antes de acomodarla en su pipa. La lectura del cielo le permitirá interpretar lo que pasará en los años venideros. La frecuencia de las lluvias, las plagas, los acontecimientos más importantes del futuro cercano y de los siglos siguientes. Con esa información podrá conducir a la tribu. No solo la tribu de los *Kaayonas,* sino también a los *Xomuros* y a los *Dailanes,* las tribus amigas.

El chamán es de corta estatura. La piel tostada. El cuerpo pintado y adornado con plumas. Lleva un bolso de lana de llama con piedras, hierbas y algunas raciones de comida para alimentarse. Se ha detenido en los arroyos para beber agua y recoger algunos frutos. La selva en su medio. La intemperie, su camisa.

Las primeras observaciones lo dejan preocupado. Se avecinan tiempos catastróficos. Al principio interpreta que serán los desastres naturales de siempre. Se podrán solucionar guardando los granos para las épocas de escasez. Ya lo hicieron otras veces. Ahora parece distinto. Cada vez queda más claro que vendrán los invasores. Seres extraños de otros mundos con armas sofisticadas. Tendrá que tomar las prevenciones adecuadas para proteger a las tribus. Refugios para esconderse.

En los días que permanece observando el cielo el chamán obtiene mucha información. Descubre que una peste afectará a los hombres de los grupos tribales que conviven en el Amazonas. Algunas tribus se extinguirán. Descubre que llegaran los conquistadores con armas que escupen fuego y animales extraños que les permiten desplazarse a gran velocidad. Habrá un genocidio en las poblaciones originarias de América. Los invasores los vencerán y los someterán a la esclavitud. ¿Será el fin de sus pueblos? Luego interpreta la profecía que se desglosa por la posición de los astros y los mensajes de sus capas: «Los muertos en el genocidio reencarnarán en aves de rapiñas, más letales que las águilas, para regresar a recobrar lo que les fue arrebatado. Las tierras, los cultivos, el oro, la plata, el cacao. Vendrán a recuperar su cultura avasallada. En el último eclipse solar del siglo veinte las aves negras imbuidas del espíritu de los lobos aparecerán en la faz de la tierra para cumplir su cometido. Todo está escrito con claridad en el espacio. Solo hay que saber leerlo. El chamán de corta estatura tiene la experiencia necesaria para hacerlo.

Luego de cinco días en la piedra del Oráculo, el chamán emprende el regreso por los senderos de la montaña y de la selva. Tiene varios días para pensar y decidir qué hacer para conducir a la gente de su tribu en los tiempos aciagos que vendrán. Antecesor del comandante Sombrero. Pasaron muchas generaciones. Más de treinta. Los aborígenes de aquellos años eran ancestros de todos los que sobrevivieron al genocidio. Quedaron pocos. Algunas tribus se extinguieron. Otras sobrevivieron solo las mujeres. Varios siglos para que el espíritu de todos los muertos resurgiera convertido en aves implacables para vengarse de todos los atropellos. Se unirían las aves con los humanos que conservaron el sistema inmunológico y pudieron soportar los embates de la *humanosmia*. En la profecía estaba anunciada la revolución de los pájaros.

ACERCA DEL AUTOR

Raúl Cardó nació en la provincia de Mendoza, Argentina, en 1955. Desde pequeño sintió inclinación por las letras. Cursó el bachillerato en la ciudad de San Martín de Mendoza, en Argentina. En 1973 se trasladó a la vecina provincia de San Juan con la intención de estudiar alguna carrera relacionada con la escritura, pero finalmente decidió estudiar geología, carrera que había sido incluida un par de años atrás en la currícula de la universidad y que ofrecía mejores perspectivas económicas.

Se graduó como geólogo en 1978 y luego como profesor de docencia universitaria en 1985. Trabajó en el Servicio Geológico de Argentina desde 1980 hasta 2023. Fue docente de la Universidad Nacional de San Juan desde 1977 hasta 2023, donde se desempeñó como profesor titular de Cartografía Geológica. En su trabajo como geólogo recorrió la geografía de las provincias del oeste de su país, explorando lugares remotos y deshabitados. Los paisajes de la montaña y la gente inspiraron sus relatos, poesías y novelas.

La profesión lo llevó a realizar tareas de exploración geológica, construir mapas geológicos y temáticos mineros, escribir informes de sus trabajos y producir textos científicos y académicos. En los últimos años, su pasión por la escritura resurgió con fuerza, y el acto de escribir se transformó en un hábito cotidiano. Se acercó a los talleres de escritura para completar su formación en géneros diferentes, como la narrativa, la crónica y la poesía. En 2023 publicó un libro de relatos, *Las Manchas de las Voces*; una novela, *Los Ojos del Cadenas*; dos poemarios, *Portofinale* y *Cortejos de Alamedas*; y un libro de memorias, *Memorias Cartográficas*. En 2024 publicó cuatro poemarios: *Rumores del Pedregal*, *Huerto de Porcelana*, *Arroyos Púrpuras* y *Amalgama*; una novela de ciencia ficción, *El diario de Rosamunda*; y dos libros de relatos, *Recortes de Utopías* y *Cenizas y Coincidencias*.

Made in the USA
Columbia, SC
26 February 2025